會思考的魚

归曉军題

崖丽娟 著

中国出版集团
東方出版中心

图书在版编目（CIP）数据

会思考的鱼 / 崖丽娟著. —上海：东方出版中心，2021.11

ISBN 978-7-5473-1923-9

Ⅰ. ①会… Ⅱ. ①崖… Ⅲ. ①诗集–中国–当代 Ⅳ. ①I227

中国版本图书馆CIP数据核字(2021)第229259号

会思考的鱼

著　　者　崖丽娟
责任编辑　王　婷　姜小明
封面设计　钟　颖

出版发行　东方出版中心
地　　址　上海市仙霞路345号
邮政编码　200336
电　　话　021-62417400
印 刷 者　上海盛通时代印刷有限公司

开　　本　787 mm×1092 mm　1/32
印　　张　7.375
字　　数　74千字
版　　次　2021年11月第1版
印　　次　2021年11月第1次印刷
定　　价　50.00元

精神指代词和诗歌变速跑

——序崖丽娟《会思考的鱼》

杨斌华

我一直将崖丽娟视作当下海上诗坛的“旁观者”与“闯入者”，这是因为在阅览她前两本诗集（《未竟之旅》《无尽之河》）之前，我无从探察诗人在无垠岁月间究竟是如何用“时光把诗雕琢成标本”的。直到这本《会思考的鱼》诞育成册，我似乎触摸到了她对于诗歌素有的虔敬，以及她写作的内因和源流。崖丽娟这几年间灵光乍现，诗思泉涌，向原本深水静流的上海诗圈投入了一道熹微之光。对此，我更愿意潜精研思，以明晰地来感知她诗学的“未来指向何方/前世是否经历千般奇葩”。

她是一个对生活充满警醒、思省、憬悟之情致的诗人，她精神运维的骨架“被生活激流裹挟/困在彼此的对岸”，以“一段抽象的情感，通过一束光的/反射，被钉死在理智的/那面墙/尘世，已无法找到完美的承接物”

（《你不必说我孤独》）。她唯愿“风知道所有的寂寞与忧伤”，而“或许/每一颗心灵，各自偏爱/某一种形式的/孤独和骄傲”。她渴望成为一条进退不由我、追求无尽头的“会思考的鱼”，在日月如梭的时光溪流里流露出“春天的十一种柔情”。

崖丽娟在诗集中所呈现的文字，可以说大都为意欲搜寻出在时代万重迷障中自我独特性灵的指代词。的确，“幸好有代词/才使我们/都没有变成哑巴”，而“蒙上黑布的眼睛无法透视自在的光芒/空中飞过雁阵，携带季节的冷霜”。或许重要的是，她在情感魔力的变幻无定中恪守如一，始终能够维护一种精神能量的平衡与守恒，“把短短的爱和长长的痛/深深埋在心里/影子，徘徊不定/向左无奈，向右无言”（《穿越岁月的代词》）。她不懈地在为“岁月，使心灵沧桑”的自我补给动力、主动赋能，用以践行在春生秋杀、和顺致祥的时光容器中内心翱翔跃动的变速竞跑。

崖丽娟从事过多种职业，身份的调整与转换使其阅历丰富，见多识广。诗集第二辑“对话”里的组诗《戏里戏外》或许可以说直白地透显出作者对于自我生活角色的一种命名和派定。个体命运的悲欢荣辱、沉浮跌宕，如同“每次聚光舞台中央/你倾情表演别人/别人也倾情欣赏你”，而“沉浸戏中的我/百感交集”，在记忆与现实、年光与实相之间往复回旋，凝神默想。无论她感觉所谓“人生的痛点/戏里，还是戏外”，毕竟，“粉墨妆容收藏了多少/眼泪和伤痛”，“仿佛，她们的一生都在适应/台上台下，戏里戏外/巨大的反差”。诗人崖丽娟就是一个当今这个激情（或曰传奇）年代中的奔腾诗情、人生诗剧的察看者、体验者和演绎者。她融入其间，沉浸其间，在心灵的交会与回响间切换着卓尔不群的视角与姿态。这无疑让现世今生锦瑟流年里的每一种“粉墨人生”，足以戏中有戏，经由另一重路径崭露出作者某种品咂生活、淡定自若的精神旨趣。

崖丽娟无疑是一位生活经验型的书写者，她的许多诗作里蓄积着过往年代的个人记忆，携挟着历史风云的屐痕和现下光阴的烙印，譬如第二辑里的组诗《月光花语》《他乡我乡》的字里行间时时闪现出老屋、春雨、炊烟、村路、晚霞之类的语词与意象，包含着浓烈的乡愁、亲情和游子返乡的复杂心绪，宛若月亮“阴晴圆缺，主宰身在异乡的孤旅/诗的叹息，无声落在书上”（《月光吟》）。她以对生活的锐敏感受和热切注视，来回应生活本身，还原事物本相。她的诗字句简单而晓畅，意态明丽而质朴，能够将所描绘的物象和个体心意较为妥帖地相互勾连，从而直接呈现内心的绵长情思。

她的诗也许意在寻取、构设这样的意趣和风格：“卓然而立污淖中/那些赞美，与己无关/撑起一把把绿伞/兀自清凉，芬芳自许。”（《荷花》）因此，崖丽娟的作品对目下诗坛的“投送”与“闯入”，则更像其《水仙花》一诗所描述的：“与清冷，做伴/为热闹，添香”，不失理性地展现热忱本真之初心秉性。她胜似一位面对时节更迭蓄素守中、格物致知的自我沉吟者，即使是“在复杂的尘世/释放简单的爱”，也愿意“为滋润人间芳菲的喜雨/我愿写下/万语千言”，愿意听到“空旷而辽阔的声音/——沉落人间”：

我有一支会唱歌的笔/时而轻吟浅唱，时而深情引吭/抒发，心灵的诗章（——《我有一支会唱歌的笔》）

“季节请高唱御寒赞歌/大地收容枯叶和忧伤”（《大雪》）。综览整部诗集，崖丽娟的诗歌创作显然在一定程度上营构了温情的沉思和静谧的冥想两种情志特质。她没有刻意追求新异与繁富，也缺少过于复杂的写作技巧，她自信于素朴平淡的魅力，而这自信缘自内心的坚实定力和清醒。当然，个人语感着实是凭借内在情思的蓬勃喷涌而磨砺塑造的，风格化特征更是用心锤炼、自然形成的。从这一角度而言，她这类组诗创作并未给人过于强烈的掠奇效果，而是提供了一种更有深度、更具独特性的诗意联想路向，完成了某种再生化的语词意义的转换与重置。

的确，在崖丽娟近年风生水起的写作路程上，《会思考的鱼》将会被辨识为一次诗歌长跑途中的变速与换挡。或许，对她来说，作为其个体的诗学图标和心灵镜像，这部选集的状写与编排显得静态与单一，缺乏象征性、复合性、多义性之间的相互交融，故而无法由此触发诗人对于自我与现实、自由与规制、理智与感性、真实与乖谬、情致与哲理、反思与质询诸多方面的深入省悟。其实，她从不拒斥思想的漫游及其熬炼的寂苦。她深深明白：

> 优美的文字是一种陷阱/充满力度的哲思如锋利之刃/沉迷的阅读带来思想的外伤/每一个叩问之人/因此痛不欲生（——《思想的漫步》[1] ）

1　崖丽娟：《未竟之旅》，上海文艺出版社2019年9月版，第75页。

崖丽娟应该是一个重情重义、眷念交谊的诗人，同时，她也清晰地知晓，“诗人之间”的交流与遇合，就是一场心灵相互激荡、撞击的“无声对话”。其间，不但能够“感受词语的张力/和你思想的锋芒/明朗。绮丽。晦涩。隐喻/互相接近，又互相分离”，并且可以“想象一场对话，一场碰撞/我听到灵魂出窍，发出呐喊”（《无声对话》）。她置身于都市嘈杂而冷漠的大街上，时时发出诘问——“面无表情的行人步履匆匆/每个人是否都奔向/心灵的故乡”（《痛苦》[1]）。这无疑是一种令她身心疲困、如影随形的痛苦，是一种对当下时代弥漫氤氲的怕和爱，更是一种带有标识性的自我逼视，因而直击心弦。

至此，我们寻遍崖丽娟的这册诗集，所谓诗人的精神指代词究竟应该是什么呢？答案不揭自明。

“有时候，万物在你的质疑中/突然静止/有时候，世界在你的斧凿下/破碎支离”（《哲学家》[2]）。诗人的内心葆有朴素的初心，她对于诗歌创作怀有深切的敬畏心和平常心。她素来具有一颗探询生命内相的初心，甚至渴望荷负起一种反观自我、清濯自我、燃亮自我的使命。

赠人玫瑰，手有余香。上善如水，厚德载物。诗歌

1　崖丽娟：《无尽之河》，上海辞书出版社 2020 年 7 月版，第 80 页。

2　崖丽娟：《未竟之旅》，第 82 页。

的书写与播撒，毋庸置疑，从来都是一种令人愉悦而美妙的嘉言懿行。我以为，崖丽娟多年以来对于诗歌和诗人的敬慕与期冀、激情与念想，概莫能外。她需要以此解脱自我，清空自我，更超脱自我。我知道，同时更确信，她还有着另一种矛盾交缠的精神面影。在崖丽娟的“心中隐藏的痛苦/似一束火苗，安静地燃烧/无人知晓/在静寂的沉默之后，会否/有一天自己崩裂呐喊”。那只是因为，她一直百般思虑，内心从来都在——

渴望有束光
穿越沧海桑田的黑暗
将通向幸福坦途照亮

（——《痛苦》[1]）

2021 年 6 月 2 日

（杨斌华，上海市作家协会研究室主任、《上海作家》主编、文学评论家）

1　崖丽娟：《无尽之河》，第 80 页。

目　录

第二辑　对话

第三辑　时序

评　论

第一辑　标本

夜，无声，无色
你似蛰伏的猎手
静默中
将一首诗
制成了标本

——《时光把诗雕琢成标本》

时光把诗雕琢成标本

1.

纸和笔，瑟瑟抖索

思维来不及更换词语

默念他的名字

咀嚼，一百种新鲜的滋味

失眠的脸

睁着苏醒的眼

寒风轻吹，怕凉了一颗心的温度

夜，无声，无色

你似蛰伏的猎手

静默中

将一首诗

制成了标本

2.

阳光，以热烈的纯穿透时空玻璃
七彩霓虹炫目
在热情的注视中
一列绿皮火车奔驰而来

历史的尘埃悬浮
往事，无声落在案牍
纤纤玉指轻拈发髻
车票，业已泛黄

年年，岁岁
如椽之笔难以写出
此时，那般
曾经的青春年华

3.

田园牧歌总与你相连
宁静的风景画里
常有你轻柔的身影
怀念有你的日子
如同怀念某一种
生活方式

被风吹拂久了
会做一些浮想联翩的梦
忽上忽下，忽左忽右
淡淡不着痕迹
与时光流逝
异曲同工

4.

我想知道，未来指向何方
前世是否经历千般奇葩
沉默于水底，像一颗鹅卵石
想念着，激流回旋的温柔

萦绕梦中的冰凉轻吻

特别害怕内心激情干涸
怕清澈的幻想
满怀天真又充满绝望

当暮色笼罩
静听天地间流水淙淙
时光把一首诗
雕琢圆润
珍珠般晶莹

5.

寂静的大地
一双温柔的手抚摸遗忘的伤口
疼痛，流失在桃花密雨
万物期待春天降临

滚滚红尘，月光清澈澄明
风许下诺言

白云和花朵留恋
人间的烟火气息

季节的风劲吹，落英缤纷
回忆绚烂，总会有片片温暖
遗留在一首首诗里

6.

诗歌的记忆不像金鱼
1989 年，25 岁的我恰如你

黑与白的世界混淆现实
想象和虚构，灿若宝石

追寻宝石的神奇，上天入地
火车呼啸，岁月穿梭奔驰

谁来助我攀上云霓
捕捉羽化成仙的呼吸

搁浅的一截旧月光
如行行旧诗，伤感迷离

7.
当年一首诗
点横竖撇，拨动青春心弦
和我一起读过的人，已不再青春
曾经的青春，灰飞烟寂

某一日，邂逅作者
意料之外又百感交集
摩挲书页上清丽的诗句
幻想，失而复返了
一寸寸光阴

8.
诗扯着我的衣角
要我留下
不，我向着你

飞奔而去

你的双眸
像晨曦微漾的露珠
晶莹剔透的诱惑
太阳也不忍

生命设置一道谜
“一半，是火焰
一半，是海水”[1]
谁陷落在
谁的一半里

1　《一半是火焰，一半是海水》为王朔小说名。

忧伤渡不过彼岸

1.

你把心置于孤岛
封锁一切救援的航道
漫长的沉默，尽头是死海
失踪，是名词还是动词
我的灵感没有方向
溺水的诗，苦等返回的目光打捞
它们都不是鳄鱼，游不上岸
海藻缠绕橹桨，爱情小舟覆亡
生活利斧劈开一条深深海峡
幽闭沉默的心，从此害怕波浪
那跌宕起伏的蓝光
被一生泪水收藏

2.

水底有丰腴的海藻
喂养自称爱情的鱼儿
它贪食，海水会干涸见底
一条又一条鱼，乐此不疲

鱼儿掀起巨浪，与自己欲望博弈
岸边芦苇亲昵呓语
天上飘过一片唇压着另一片
海水倒映白云的嬉戏

海浪颠簸，一遍遍做猜谜游戏
星座。属相。性格。血型
用“骨灰级”智商玩牌，彼此哪有输赢
情商迭代升级

爱情高手，都是会思考的鱼

3.

重重浓雾罩下层层柔软的绸缎
冷颤化作一道霹雳电光
无数漂亮的花雨，断线珍珠般清脆落下
一滴有一滴昂贵的代价

偎依在你的温暖怀抱
我是海盗船上的至尊女王
裹着命运铠甲
幸福的黄手帕无权索要

我忧伤，忧伤渡不过彼岸

4.

少女鼻息微微翕动
呼吸幸福安宁的气息
倾听海韵漫溢，你似熟练的舵手
舞动海浪抒情音律
海水激越，波涛翻滚
你眼里两岸风光旖旎

爱情相寻不遇
空遗憾，浪潮将它逐流贬谪
枕着涛声，往日诗章
今夜，缓缓向对岸游弋

5.
在键盘嘀嗒声中，大海醒来
不眠的诗章浸润海洋气息
海景房明亮的眼睛被海风吹疼
鸥鸟甩出一声悠长的哨音
平静的海面，桅杆林立

向海，调动所有感官呼吸
蓝色的情绪释放忧郁
像一只海鸥，披着白色的敞袍
远离熟悉的羁绊纵身投入大海怀抱
以一尾蓝鲸的姿态与海浪嬉戏

灯塔。帆影。礁石。
海鱼海虾与陆地相生相息

邮轮上莺歌燕舞，香风美食
今日的海洋——
具有商业超市无法标识的价值
海市蜃楼，不过是古人的诗句

一声汽笛，划过耳际

6.
坐在岸边看捕鱼人
撒下网，计算一天的损益

海浪，自顾自拯救
漏网之鱼。一只鸥鸟翻动翅膀
蓝天下，珊瑚和海藻隐约可见
潮落潮起中波光潋滟
坐在礁石上成为沉默的礁石
鱼美人，是不是美人鱼
古老灯塔，珍藏几代出海人的日记

大海自诞生之初

它的心脏就装上永动机
用后浪推前浪的姿势
奔腾，永不歇息
陆地，是海洋的果实
偶然翻身，排山倒海中水火相遇
另一个陆地又缓缓升起

你不必说我孤独

1.

被生活激流裹挟
困在彼此的对岸
粼粼波光，透露内心柔软的向往
邂逅在，失重天堂
止步于，冷漠礁石
湍急的水流不曾停歇
万波江水倾泻绵绵思念
阳光温暖如初
谁曾抱着血红的夕阳
泅渡至残缺的对岸
谁曾对着浓重夜色呢喃
秋来迟缓

2.

泪水从唇隙灌入心里，苦涩咸湿
回忆的涛声，轰鸣耳语
海潮卷起骇浪，让一切绝情遁迹
目力所及之物撞击着虹膜
含羞草般卷缩敏感的心
别碰我，痛着的心，不再接受寻常抚慰
问候，穿越伪饰的形容词和暧昧的动词
视线模糊，睫毛在战栗的泪海漂泊
一段抽象的情感，通过一束光的
反射，被钉死在理智的
那面墙
尘世，已无法找到完美的承接物
拒绝喧嚣，大地将绚烂
美成了孤独

3.

跻身跃过晃动人流，回望
芳踪无从寻觅，记忆花径空寂
一路风尘，似落红

清澈的双眸透出忧伤
铭心深情被风吹散
去往青春路上拾穗收藏
拭去昔日足迹，悄然遗忘
在自己的世界里欢舞，冷傲旋转
直将自己化为蝶儿
斑斓，飞翔

4.
飞鸟掠过头顶
惊飞了足下尘埃
猜度盘桓于胸，不甚明晰的
暧昧，在两极选择中迟疑
夜空繁星如豆
双眸反射点点星光，不惧黑暗
张开温暖掌心承接朝露，花香滂沱
梦想的契约已被现实撕毁
岁月保留的花籽仍粒粒饱满
飞翔的翅膀
终将选择勇敢

5.

夜的灯光虚幻迷离

洁白之纸倒映着繁星春水

星辰与星辰的问候过于遥远

答案，不在同一空间维度

无人认领的故事灰烬霞光中飞舞

晨曦，被闹钟驱散

黎明令人眩晕，或许

每一颗心灵，各自偏爱

某一种形式的

孤独和骄傲

6.

虚构一场情事

让狂热混淆酷热发烧昏厥

眼睑下浓密的睫毛

每一根倔强如同山盟海誓的诺言

长发及腰飘逸，腰肢配合节奏扭动

在微信九宫格里做隐身人

刻意摆设道具制造旧日风情
对话是一种预设
沉默，辐射昼与夜
时间与空间

穿越岁月的代词

1.

无言的大地最深沉
时间的鸟儿啄空果实的壳
晚归的脚步踩着城市暮色
静谧，像一幅淡淡水墨
停留唇边的话语，卷入心灵旋涡
期许，俗尘深处安静的生活

困倦的眼睛打量渐渐消隐的夜色
薰衣草香味喂饱饥饿的胃
时光之水流逝如枕边泪
一念永恒，思想的灰烬
悄然湮没

2.

天空戴上沉甸甸帽子
冷雨，横扫大地
岁月，使心灵沧桑
蒙上黑布的眼睛无法透视自在的光芒
空中飞过雁阵，携带季节的冷霜

心灵花园繁花盛开
朵朵向着光明灿烂
有蝴蝶飞舞，有蜜蜂酿糖
诗的太阳——
引我和真善美对谈

生命熔炉煅打万千苦难
阅历，五味俱全
微笑的脸，沉默的心
卸不掉成长惆怅
夜的心事，坠入梦乡

3.

一颗石子投入湖心，思绪轻漾
在时间的竹筏随波逐流
渐走渐远的后缀，描述不尽
脚步。背影。回忆……

那许多，欲言又止
那许多，欲说还休
全都留在岁月的齿缝里

幸好有代词
才使我们
都没有变成哑巴

4.

彼此的目光没有躲闪和迂回
快速聚焦成最短的距离
你的话极少，不说，我便也不问
在留白里想象悠长的甜蜜

人生倏忽如白驹过隙
把短短的爱和长长的痛
深深埋在心里
影子，徘徊不定
向左无奈，向右无言
长夜乏趣却又漫流如溪

5.
一枚红叶，从书页里
掉落，恍惚青春的流星
荡起心湖一片涟漪
往事的钥匙将心门洞悉
回忆闪回，汹涌澎湃是过去潮汐

漂亮裙裾不在街上飘扬
隔着橱门挂在衣橱微笑
疲惫的身心掩埋夜色里
怅然端坐，取暖的猫咪偎依
冬夜的北风，一阵比一阵急

6.

梧桐树影婆娑，春光斜照
我与你，只是几棵树的距离
默念欢愉的词语雀跃
车灯闪烁，加剧心跳

难以言说的秘密，终身默契
我爱这翘盼，一千次祈祷
又见梧桐树影婆娑
记忆，温暖启程

敏感，这一枚生活的芒刺

1.

敏感，小小的芒刺
随眼神锐利的抛物线，准确
刺入心脏。瞬息
痛感逶迤丛林密布的中枢神经
麻遍全身

今天与昨天尴尬面对
接纳或拒绝成为哈姆雷特之问
语言如匕首，艰涩隐晦的锋芒
插入纠结心病的表证[1]

1 表证指病变部位在体表，病情尚浅。

令人，欲哭无泪

滚滚红尘，爱恨自由穿梭
张开觉醒的眼睛，面对现实痴人说梦
爱情，无法像一朵妖娆的花
永不凋零

被文学作品反复写旧的情节
爱和被爱的古老故事
流传千年，青灯炳照古籍泛黄
误解和伤害是双面镜
学会爱，需要一生时间

浓情蜜意同样经不起风吹雨打
摁下敏感这一枚芒刺
爱情，一戳即破

2.

对于忍耐而言
它的极限，或许是误解
一句无心之语，可能遭致道德鞭笞
辩解有时，多余
沉默有时，恰好

倘若，人生只如初见
欲语还休的，试探
欲迎还拒的，交锋
微笑，脂红般点缀双颊
最适合世故人情

解开心结需要多长时间
涵养浮出水面，宽容是那块最短木板
欣赏则是桥梁
敏感，收起刺人的锋芒
一切水到渠成

3.

一日不见如隔三秋
用来形容失眠倒也贴切
半梦半醒时，原谅自己最简单

爱情滑入坟墓
往往自己就是掘墓之人
中年的促狭，让浪漫追梦成为
一件旧衣裳，不仅包裹得令人窒息
并且，不合时宜

为爱情撰写悼词
成为我们一生难题
如何延长爱情保鲜期，人人大伤脑筋
脆弱的东西，防不胜防

对于成年人，谨记遵循这样的游戏规则——
寻找真相和答案，不仅幼稚可笑
而且，失却厚道和本心
自省之路，成长必经

4.

保持对生活的警醒，激情涂满了“鸡血”
欲望点着烟火
绚烂，成为一场拙劣表演
不该抱团取暖的季节
误砍柴禾，噼噼啪啪的烈焰
让身体和心灵，失却平衡与安宁

过了河的，别拆桥
吃饱饭的，别撑着
各自小心为妙吧
——你，我，他

爱情，有苦有乐
生活，一如既往
人类，生生不息

5.

画完句号，我知道
失眠，相伴到黎明
蹑手蹑足，从客厅游荡到厨房
飘在墙上的影子
像极聊斋故事里的狐仙
小娘子甘愿为你洗衣煮饭

纸和笔，留在床上过夜
刚写完的诗句发出一声叹息
报时的钟声敲响
嘀嗒，嘀嗒，分秒不差
郑重提醒：不管这首诗写得如何
交卷的时间已到！

生命短暂
短到，没有答案
永恒如你，也不过这首小诗
敏感，这枚生活的芒刺，触角四通八达
用它刺破思想的囚牢

（2021 年第 6 期《作品》刊发）

成长的天空布满心事

1.

你给予我的，从不曾忘
就像涓涓细流汇聚成河
就像柳树轻扬碧波荡漾
长发飞动，为你翩然舞蹈
真想让你看我风霜洗过的模样

成长的天空布满心事
时而灰暗，时而明亮
有的，轻描淡写
有的，浓墨重彩
岁月之河缓缓流过了

你给予我的，从未敢忘
誓言无声，静水深流思念在
一阕琴弦，一曲心音
悠远，旷达，缥缈
终成为
——千古绝响

2.
你说春天已远，不要回头
踩着涛声，迎着风
我迟疑寻找
沙滩里，往昔脚印

藏在细沙里的贝壳、砾石
硌着脚，也硌着心
像一些情感的是与非
有点疼，忍一忍，过去了

海风吹拂，思绪飘散
如一波又一波白浪

今生，我与你是否有过羁绊
纵然想要答案，但不在今晚

3.
与一位心仪的诗人
隔着他的诗集
相对而坐
一晃三十年
喜欢的诗
已经，倒背如流

诗人，仍在写诗
读诗的人
多年之后
也成长为诗人
隔着她的诗集
他俩，会心一笑

4.

一滴雨的梦，与你连在一起
万里云山藏着丘壑
纸上洒满月光

借着纸上月亮的白光
数着雨声里的诗
仗剑天涯找寻你

借由诗，沿着层层云梯
颤抖的脚攀援，迈向天庭
请月宫里的吴刚供奉一碗酒
桂花树下，我俩，把酒痛饮

那夜的雨下个不停
心灵的尘埃
用诗，可以洗

成长的天空布满了心事

5.

抬眼，对面的高楼
灯，又熄灭一盏
望向窗外的眼睛攫取灵感
精心构思一首诗
吉光片羽，思绪稍纵即逝
记录、珍藏，生命中的悲喜

一个人与另一个人
通过牵手，才能证明告白的完美
夜已深，要用什么方式
让最初的那场相遇
在爱情的祭坛，羽化成仙
青春起始，无法用时间精准定义

多年以后，最好彼此都记得
成长的天空布满心事
如果珍藏了失眠的记忆
夜色里，镌刻有一首
属于我们的诗

6.

接纳或者忍受，每天的功课
理解或者宽容，每日的自省
当你说“不”时无招胜有招
成熟的心灵，必备“淡定”那颗良药
刀，划过稚嫩的心房
痛不欲生

落叶飘零，依然让人伤不自禁
鸳鸯戏水，依然让人触景生情
为你写下三生三世桃花缘
坐到电脑前，仿若坐在桃树下
仰望成长的天空，布满了心事
想象十里桃花朵朵开

一种疼，穿心而过

1.

往事。被温情脉脉的手掌推开窗户
你和你的朋友在窗外尽情嬉闹
所有的年少痴狂
都在天空下发出反常的光亮
幻想与你坐在同一间教室的愿望
日落之后于裂痕斑斑的镜前
失去了温热。抚摸梳子，我沉默无语

你的床榻早有人伴眠
距离之外，只想和你的思想缱绻
诗，或评论，把你生命的呼吸
传达给我。这缱绻里有智慧

有诗意，有柔情，不离也不弃
拔了网线，放下手机，不回微信
关门，关窗，把心也关上
这样世界变清净了吗
隔日，寻人启事会不会
铺天盖地

谁，杀死知更鸟
谁，游进资讯的深海
断了线，断了片，想遗忘
潜意识偏偏清晰
当蝉鸣，耳朵什么也听不见
眼睛里全是阳光
当你来，眼睛什么也看不见
心里有个人安静地陪伴
当荷花妩媚的姿势都自证清白
当挣扎的影子使我有理由哭泣
当你和你的朋友留存于世的词语
以青春热血和愿力
完成生命之诗
我今生灵魂就再不愿有其他人了

2.

凝视湖心鸳鸯的复数
以及，荷塘月下的并蒂莲
一种疼，穿心而过
在爱情算式里你是单数

远方，马蹄的嗒嗒声
是你要等待的。你要等待的
还有，山高水长的岁月
今晚的月色，真的美好
广寒宫寂寞的嫦娥侧耳倾听
人间的蛙鸣声
此起彼伏

雾，染白两鬓华发
月光啊，皎洁迷离
抬头，四百年前一匹白马驰奔而来
马背上，骑着一位英俊男子

3.

你的出现
是一个春日午后，这样的季节
温度适宜，若有若无的蝉鸣
随窗帘飘移
年轻的面庞，青春洋溢
温柔嗓音回旋低沉磁性
某种穿透力
掠过耳际

殷勤添茶，空气和呼吸属于
一盏年代老白茶
此刻，窗外的光线透过窗棂
阳光和你的声音交织
这样的午后
弥漫诗意
流过
静寂

4.

用带血掌心和细密纹理
替你，收藏江河、历史
　　　收藏心思、隐情
一抹血红燃上枝头
飘坠的枫叶在纵横交错的沟壑中抽搐
层层叠叠的是伤痛
流年不忍，夕阳下互道珍重
颔首。微笑。举杯。对酌
风知道所有的寂寞与忧伤
在天地间相逢一场
恋恋红尘珍藏了
赠予彼此的
信物

5.

推开窗，你的影子山高水长
亲密不在相同画面里
入眼即化的夜色
氤氲。一阵阵风儿透明

却不可思议

仰望浩瀚星空，灵感激情四溢
清辉的诗句，喷涌
你的形象越来越清晰
却不在梦里

风，卷起絮语
鸣旋的回音不绝如缕
冷寂，你清脆声音飘过耳际
却不真实

6.

我们渴望内心安宁
世间少有绝对静谧
同一张面孔总是梦境里的客人
像少年时代的玩伴
像灵魂深处的知音
时而模糊，时而清晰

无法确认一朵白云，在天空
停留的意义
无法确认一只蝴蝶
花丛中，翩跹
是否庄周梦到的那只

梦所求证的
定会在时间深处
留下谜底

7.
脑海里隐藏着一条妖蛇
幻想赤裸身体蜷缩在床上
学习一只鱼潜泳的姿势
像第一次被征服，被疼痛撕裂
你的食物，包括秘密武器
除了枕头柔软的杀手锏
还有泪水涟涟
在焦躁中，等待黎明
白天的抵抗与博弈

暂且抛之脑后

痛感，如此尖锐

从心房，穿刺而过

被囚禁的空

1.

反向的路是不是铺向光明的通衢
忙碌不堪，雀群无法料想
有没有清新轻盈的风
一路相送？有没有峰回路转的树叶
因你的迟疑而飞旋
有没有一只迷途的猫咪
宝石般清澈的眼光消融了警戒
有没有谁把伤害和无辜的底线
托付给了你？有没有暮晚的霞光
在天空之城摆下丰盛的晚宴？

我像是被粗心的顾客无意带回家的

一只水晶鞋，另一只
在低调奢华的柜台，举目无亲
午夜大街，不眠的橱窗时尚流溢
一排排路灯忠于职守
空虚茫然的我被词语定义为
“沙发土豆”。荧屏困倦的雪花
闪闪烁烁，主人公戏剧的命运
深不可测潜入我的诗中
跌宕，起伏

2.

星光绕着床沿不停闪烁
一夜无眠，但是谁
惊扰寂寞的时光？
翻开的诗集滋长幻觉意念
香艳的文字有多重隐喻
白玫瑰红玫瑰的心思最好你别猜
婚纱兀自美丽
年轻的甜蜜逃往茫茫夜色

暗物质发生化学反应
上帝从不主动给盗火者赞颂的诗
风是蜜蜂的传声筒
雨让蝴蝶繁衍情愫花朵
在被囚禁的空里
若有人妄想盗取雷池天火
我会警告旁逸斜出的藤蔓枝条
谁见折翼的鸟儿飞上高空

3.

词语搭起积木
一层层垒叠文本的高度
陷入亢奋，你正被灵感与激情催逼
疼痛鞭笞缪斯的中枢神经
思想几近暴毙
额头，冒着冲破规则约束的珠汗
精神顽强为生命赋形

顽强为生命赋形的，还有工作
牛奶和面包由它们负责

睡眠是抵抗盲从的一剂良药
耳膜可以消音，让蛊惑消失于荒谬
对和谐的委屈，勇敢地挑衅
真理不会在时间容器里变形

红酒的后劲任性了睡眠的精灵
夜的黑镜子，照见一片森林
无形的风，把边界裹紧
检讨内心积垢
你不入地狱，谁入地狱
雪亮的眼睛将杂念清零
轻装上阵
拥抱自由不羁的
魂灵

4.

这世间，太多的事物排着长队
等待赞美；花儿要开
鸟儿要唱，高楼的手一幢幢

高铁速度越来越快
5G，把真伪莫辨的信息贩卖
焦虑的红色，灼伤
一双黑白分明的眼睛

安静，是我们能感受到的
一种空，常被忙碌的生活
囚禁

5.
梦在黑暗中被摔成支离破碎的镜子
一条舌头自说自话拼命反驳
没有对手辩论的伪命题
窗外交错的线条
在明与暗的两极摇摆
偶尔有荷尔蒙的香氛潜入梦境
无论睡着，还是醒来
或者，半梦半醒
都无法改变时间恒定的路径
直到鱼肚白惊醒夜空

高楼，提心吊胆
正躺在变形的镜面上，假寐
她按捺不住想向一个人，复述
失眠的因由，荷尔蒙却在凌晨
睡——着——了

城市镜像

1.

入夜，你的眼睛突然失明
神的指引。一个祈祷的人双手合十
星星坠落那一刻
开始借幻想的双足远行
怀揣春光的念想，测量距离
春风度过了玉门关隘
三月，地下的冰河湍急
心，笼罩空寂

高楼。沙沙的笔触深深扎入
密密麻麻缠绕生活的根须
九重盗梦空间，事物没有开始

结尾的死结，也会被烟火燃烬
谁的眼睛痴醉迷离
云彩成为云彩，诗成为诗
所有文字，迷航星际

2.
车水马龙的流水线划开城市的眼睛
大街小巷的喧哗
粘贴在水泥森林火柴盒的外壳
弄堂神经敏感，触角四通八达
十字路口红绿灯闪烁
斑马线，服从规则
安全感，人人需要

公交车像移动的房子缓缓向前
乘客上下进出，步履匆匆
异乡人衣着光鲜
他乡的心病带着特殊的表情
思绪，在键盘上沉吟

雨，说下就下
道路两旁的梧桐淌着眼泪
噪音顺着叶蔓上的水珠消散
伞影和霓虹灯一起旋转
街心公园长椅等人安慰
寂寞拒绝哭丧的脸
此时，有谁动了恻隐之心
谁就成了动人风景

3.

一只羊，两只羊，三只羊
耳边是星星坠落的声音
是树叶沙沙的声音
是风震摩天大厦玻璃的声音
是翻书和敲击电脑键盘的声音
一阵阵有节奏的微微喘息声

羊的毛发五颜六色
闪耀桀骜不驯的光芒
孩子功课，父母健康

雾霾天气，瘫痪交通
飞涨物价，待缴账单
这一切，宛如俗世栅栏
杂乱无章向黑夜边界伸展

漫无边际的黑，曾包裹过你
深不可测的海，曾淹没过你
脚悬空，心挣扎
如若有过一次类似的经历
喊叫，无人应答
慌不择路的一只只彩色羔羊
在眼前团团打转
它们为无法安然入睡
纷纷，黯然神伤

4.

矿泉水、关东煮、方便面
街角，24 小时便利店
微弱的光，掩埋在夜色沙漠
玻璃门窗悬浮水蒸气

风，顺势吹入四处张望的眼
夜行的脚步追逐流浪动物
大街小巷的梧桐沉沉昏睡
树影模糊了疲惫的脸
街口，昏黄路灯亮着
城市午夜，蜕下沉重的壳

5.

忘记夏季的忧伤
需要大声说出内心的绝望让阳光听吗
没有共鸣，城市的迷蒙让人战栗
没有接纳，呼唤和回声都令人绝望
早晚风凉，热情将注定消散

城市，高楼林立
人，总有一览众山小的渴望
登高，远眺
你必须寻找熟悉的标志性建筑
才能辨认南北东西，才能平息
没有归宿的惆怅和慌乱

八月末，秋虫聒噪
无人能够阻挡时光轮转
无人能够阻挡激情消散
头顶，满天星光璀璨
未来，似乎渐渐明朗

6.

白天，漂亮的裙裾
因你悄悄经过
在街上轻盈飘扬

夜晚，斑斓的心事
因你轻轻走来
飞上夜空闪亮

梦里，氤氲的幻觉
因你默默抵达
爱情莫名偷笑

一手握着，清凉
一手握着，月光
我把城市的风放跑

词章的外衣

1.

季节栅栏都有一把锁
只有风的手掌管那把神奇密钥

雨水，滴在石头的伤口
掀开雨帘，彩虹挂上天边

世界，或许色彩缤纷
你我的梦，只有黑白两种

所有故事都会沉默
无语是生命的底色

接受梦醒时分的现实
接受生老病死的规律
泪水在眼眶，你投给我的那道光
便是风刮过来的一片沙

静水深流，礁石的苦痛隐入海中
问万顷波涛，沉默的心，有多重

2.
拽紧往事的绳索与理智较量
以沉默埋葬，以微笑掩饰

一句话使心湖荡漾涟漪
最轻微的暗示，都会触动脆弱神经

夜的颜色，行入丛林灌木
心灵羁绊近乎迷路

月光摇曳沙沙低语
身前身后的影子，寻寻觅觅

回忆一次，汹涌而出伤感的泪滴
痛苦和欢乐不会战栗，唯你不甘沉寂

3.
电脑很落寞，缺少擦拭和敲打
笔和纸，懒如不开花的树杈枯枝

十点才从梦中笑醒，假如不用工作
每天都像节假日，阳光在窗棂轻移

风从意料之中吹来，又吹到
意料之外，夕阳空樽高举

诗人，并不在乎夜里
灵感藏在鬓角，喃喃私语

结绳记事，语言脱掉华丽外衣
在没有诗的日子，怀念仓颉造字

4.

翠堤、柳莺，殷勤地为西湖梳妆
你的文字在我身旁偎依

浮萍孤独漂泊在湖面
把说不出口的话，投进湖心

典故和词章为诗的现代性争吵
隐藏的智慧，让湖水平稳如镜

泛舟的人，随波逐流于复杂水域
一片片桨叶，溺毙晦涩的语境

语言是辞海潜泳高手
在迂回曲折中找寻知音

5.

风暴降临，敞开心事茂密森林
仰望星空，你是幸运符吗，锦鲤

鱼跃龙门，飞上屋脊打挺
天才的梦想，一点点化为齑粉

睁大眼睛，穿越生活本质
放弃谎言，抵达本真之心

我有一支会唱歌的笔

1.

指尖之舞，跳起来吧
时间正把生活的滋味
慢火煨炖
在敲击声中
腾挪，回旋，雀跃
酸、甜、苦、辣、咸
被高速运转的激情机芯
调剂成精妙醇厚的浓汁
滋补缺钙的筋脉
或沉吟，或高蹈
十指，舞出千万条
优美弧线

2.

忽如一道耀眼的闪电
宝石之光点缀了
喧嚣迷茫又混沌的日子
在纸上，用文字把自己灌醉
超脱，凡尘俗世

反复推敲词语典章的精髓
为它们，暗自成殇
精心打磨，追求至真至纯境界
千锤、百炼，幸存之诗
流芳百世，又或，命薄如纸

3.

笔和纸，其实没有关系
假借纸的外衣，留下墨迹的神形

笔和文字，也没有关系
现在有电脑，精准地传情达意

笔，记载人类的文明
它的存在像久远的历史

4.
借外婆的拐杖
丈量，岁月的短长

借奔腾的河流
欣赏，巍峨的山川

借安详的白云
守护，祖国的边疆

借知识的云梯
登攀，探索的巅峰

借智慧的双眼
追寻，浩瀚的宇宙

我有一支会唱歌的笔

时而轻吟浅唱，时而深情引吭

抒发，心灵的诗章

（分别于 2020 年 12 月 12 日、2021 年 10 月 23 日《上海老年报》刊发）

第二辑　对话

懂，与不懂
都置一颗心于书中
感受词语的张力
和你思想的锋芒

——《无声对话》

戏里戏外（组诗）

粉墨人生

梳妆台前，纤纤玉指
搅碎了阳光
金钗玉簪轻轻滑过
绿鬓粉颊
发髻点点碧翠

菱花镜里，顾盼生辉
描眉，画红
娇羞，含嗔
妆容精致映照一对
璧人儿美

舞台上，莲步轻移
迷乱了光影的凤钗罗裙
随风摇摆，窸窸窣窣

你吟唱，深闺春梦短
我倾诉，无尽绵绵情
微阖的凤目淡然阅尽
人世间的悲欢离合

粉墨人生，芳华刹那
转身，大幕落下
泪倾洒

戏里戏外

大幕，徐徐开启
且让浓妆艳抹的我们
携手愉快地同台演出

戏里，笙箫笛管
嘈嘈切切地演奏粉墨春秋
剧情唐突，角色糟糕
暂且都别理会
今晚，聚光灯下
我们就是绝对的主演

你的笑和着我的泪
忘情共唱一曲才子佳人
台前的观众
幕后的导演
只为入戏的角色
鼓掌喝彩

戏外，凝思默想
热热闹闹，或真或假
是什么催老彼此年华

灯光骤亮，恍如一梦
大幕落，戏散场

戏 文

行走在去往剧场的路上
后台的锣鼓
早已在耳际敲响
看到舞台上甩起水袖
心儿荡漾开来

鲜活的生旦净末丑
径直将戏文里的情爱故事
唱进我心里
离开剧院很多年
吴侬软语的各种调门
依然挂在嘴上

闭上眼，板腔哐当
《红楼梦》《西厢记》《梁山伯与祝英台》
随着记忆打开闸门
才子佳人

咿咿呀呀，唱念做打
戏文里的爱情
哪有生活里精彩

戏 院

戏院，不计其数精彩纷呈的演出
一道帘幕分割了舞台与观众席
演员们在后台化妆穿戴
台词在心中千万遍默念

锣鼓铿锵
角色轮番闪亮登场
剧情起伏跌宕
莲步轻移，甩水袖，跑圆场
所有故事都留有历史余响

美妙情节带来陶醉和享受
角儿眉目传情

仿佛戏魔吸魂夺魄
狂热的崇拜无所不在

泪水在临界点达到沸腾
戏院里，我若有所思
人生的痛点
戏里，还是戏外

戏中戏

聚光灯下，接受众目睽睽的洗礼
一个人战战兢兢
跑自己的场，吟自己的词
陈述戏文剧情的悲喜
名利诱惑被表演放大
爱恨情仇、善恶生死
戏中戏轮番上演

舞台上帷幕重重，落满尘埃

侧台长廊，影影绰绰
多少梨园青春跌跌撞撞
鲜花、掌声，交付台上那束耀眼追光
荣辱得失，毁誉参半
粉墨妆容收藏了多少
眼泪和伤痛

戏 韵

粉墨年华，时光隧道穿梭往来
古代爱情被时尚易容
春秋故事搬上梨园舞台
琴弦拉响，记忆粘贴剧情
才子佳人，站立在古琴弦上
娇俏身影沐浴历史辉光
斑斓戏服色彩连着色彩

朝代的枯叶落土为泥
转瞬，又在枝头发芽

音律胜券在握
——君临其上的唱腔千回百转
夕阳和黎明，亲人和家园
携手款款而来

溪流交织，浪花似银色的发辫
——在广阔的水面欢舞
星星。月亮。玫瑰。花香
舞台上演绎温柔之乡
沉浸戏中的我
百感交集

听 戏

一阕古音悠悠奏响
浓墨重彩
千军万马奔腾而来
长袖善舞
才子佳人款款同步

舞台上
历史脚步，轻跑圆场
朝代更替，一桌二椅
千古爱情成为绝唱

幕启
灯灭
数不清的风流
不过须臾

幕 间

每次聚光舞台中央
你倾情表演别人
别人也倾情欣赏你
一场精彩好戏，有我也有你

上半场结束，大幕轻轻关拉
翩然落在下场口

此刻，走过扑朔迷离的后台
仿佛穿越无法预设的人生栈道

化妆间，菱花镜，胭脂台
笑靥如花
用二十分钟休息调整
收拾心情做回本色自己

酝酿情绪，默诵下半场台词
迎着目光款款登台
哎呀，又是一出好戏
等待开场

谢 幕

在天上，在人间
水袖轻扬，才子佳人巧笑倩兮
吴侬软语降落琴弦
转瞬，好嗓子又吊走它们

朱唇启，合鼓点，余音袅袅

牵手谢幕，声音走了，看客散了
款款步下舞台
褪戏服、卸浓妆
收拾三弦、装好琵琶
走出戏院，恍惚
过了粉墨春秋一年华

仿佛，她们的一生都在适应
台上台下，戏里戏外
巨大的反差

戏 言

剧场里
我究竟被什么吸引

夸张的妆容

漂亮的戏服
典雅的台词
流水般的音乐
跌宕起伏的剧情
或者，只是
角儿的一笑一颦

戏看多了
有时候觉得
自己的一生
就像没有情节的戏剧
平淡无奇

（谨以此组诗歌记录我在上海越剧院的工作经历）

诗人之间（组诗）

无声对话

——读西渡诗集《天使之箭》

懂，与不懂
都置一颗心于书中
感受词语的张力
和你思想的锋芒
明朗。绮丽。晦涩。隐喻
互相接近，又互相分离
想象一场对话，一场碰撞
我听到灵魂出窍，发出呐喊
天使之箭射向幽暗夜空
音乐和空气瞬时静寂

书房的灯盏微微摇曳
一丝呼吸长久停留在某个章节
聚集所有疼痛体验，为之暗自垂泪
那犹疑的复述
一次次随冷静的风
吹远。又或者
被掐死在
沉默的回声里

时间的指针

——读蒋立波诗集《迷雾与索引》

朗读的纸杯盛满止渴的淡水
拨开诗歌云雾寻找词语真谛
浪花的咆哮，海浪的波涛
礁石的守望，海岸的坚忍
都是享受孤独
获取宁静的秘籍
你，带着海洋的气息

日子绵长柔韧
时间潜流如谜
是谁，故意把指针拨慢
是谁，试图掩饰什么——
以奇崛的词语
以晦涩的表情
以深邃的思想
掩饰，仓皇之错觉与假象
掩饰，愧疚之嗟叹与窒息

记忆索引心灵
拨开虚拟迷雾
眺望尘世，是谁
总也挣不脱宿命的樊篱
握紧命运之手
让我们，以真实之态
簇拥生命的烟火

美术馆与诗歌

——献给“诗歌来到美术馆”及其策划者王寅、主持人胡续冬

（一）

诗歌相遇在美术馆
回忆，伴随一次次难忘雅聚
怀揣诗集，过往的细节
在记忆路上清晰抒写
幻想，一意孤行

萌动的心悸，沉淀为优美的文字
虚构的情节，被想象生动地描绘
深刻的哲思，被语言细腻地表达
痛苦的羽毛，在思想天空自由飞翔
化为，深邃浩渺的诗行

充满思辨的利器
尖锐地刺痛麻木的心灵
文字奔跑在神秘轨道上
诗意良药，温柔安抚身心疼痛

往事列车，呼啸而过

因你而来，因他而聚
华丽的诗句，芳芬吟哦
一场场美术馆诗歌盛宴
让我们深深沉迷
时光，温馨在记忆里

（二）
我将向你招供全部生活激流的
秘密。包括内心湍急深浅旋涡
小心供出岸边一株草卑微的骄傲
和孤独。晨钟暮鼓
我庄严献出自己的喜怒哀乐
人间宽恕的诗，每一句都写满
悲悯。业已陈旧而依然鲜活的语言
穿越上下五千年重重云烟
从历史的高台
俯冲下来。我殚精竭虑的指代和借喻
往返穿梭于现代与传统之间
一株草寄寓的思想和情感

最终构不成一首
完美的诗。卑微的物象
无法承受生命之重、爱情之轻
庙堂在上，梵音绕梁，礼敬开始
让我躬身为你
继续献出我的所有……

（2019 年至 2021 年多次参加由诗人胡续冬主持的“诗歌来到美术馆”活动分享会，2021 年 8 月 22 日惊悉 47 岁的胡续冬病逝，以诗记之）

纯 诗

——致敬志同道合者

用了整整一年 365 次不厌其烦
整饬潜藏于心的纠结与隐忍
从光阴隙缝慢慢挤榨柔情
以与年龄不相符的单纯
天真和好奇。她向他复述

那些尚未被污染的纯诗
生长于神秘园里的果实
微信对话，消化不了
层出不穷的修辞

一首，接着一首
一首，再接着一首
完好无损存于电脑笔记
如同受孕，接受诗神的恩赐
猴子掰玉米，堆积数不清的诗意
他的心思缜密，温柔而细腻
胜于她的诗。他发现
分行排列活色生香的文字
与她的笑靥，何其相似
一颦一笑，就把梦
变成现实

喜欢文字的人

——读枫肥诗集《雪迹》

对着长短不一的文字出神
无法确认是不是一首好诗
精神无端被折磨被奴役
纠结，失眠
仿佛仓颉寻找前世今生的秘密
敲打横竖撇捺用以造字
每笔，每画，都有力透纸背的锋利
刺痛眼睛和心灵

喜欢文字的人，清高或忧郁
会将绵长的思念
写成日记，或者诗
前者被决绝投进炉火时
温暖灰烬似已道出，不能言说的隐秘
后者含蓄晦涩的隐喻
被小心藏掖在发黄变脆的纸张里

偶有值得玩味的句子
代替文字说出
词语本身的疼痛
接纳一颗颗泪滴
如飘雪的痕迹

杨梅红

——庆贺“上海四位女诗人”一周年

江南梅雨暧昧的天气
吻合，暗红色杨梅
一点儿微酸，一点儿微甜
一点儿，朦朦胧胧
一点儿，缠缠绵绵

诗人，想象力无限
精拣一个词语千锤百炼
让它理解我们心灵的
血液和火焰

携手，又一年

在江南，一颗颗
杨梅，暗红色
又酸又甜
如同四姐妹
对生命表达礼赞
深情眷恋

（2020年6月15日，曹小航、崖丽娟、浅酌、枫肥以“上海四位女诗人”亮相）

画 瓷

——记“上海四位女诗人”雅聚

需要多少时间等烟雨
天青色难遇，圆润完美的坯胎
让想象力匮乏。四姑娘来到
青龙镇书院。画笔，墨汁，釉彩

不在手里，在心中
画魂沉睡，诗意唤醒了它
词语指挥大脑
纤纤玉指，飞动

黄公望，董其昌，八大山人
来回逡巡，轮番视察
唐诗、宋词、元曲的意境
笔尖下风流，小心勾画轮廓
屏息。禅定。挥毫。着色
念经声，空旷如钟
恍如身置桃花源
——诗画入梦

（2021 年 4 月 18 日，曹小航、崖丽娟、浅酌、枫肥“上海四位女诗人”赴青浦青龙镇书院画瓷）

夜的叹息

——祭诗人海子兼读《海子诗全编》[1]

夜，总是刺痛我的伤悲
被清理的往事，卑微地枯萎
在时间的一隅不着痕迹
日记付之一炬，一同湮灭思想的灰烬
命运难以捉摸
谁导演这出由诗歌扮演主角的悲剧

总想探询收走你灵魂的冥界
在人世间偶遇你忠诚的朋友
聊聊诗神和王者
谈谈爱与生死

思绪之手伸出阳台，星光折翼
夜，已习惯这莫名的忧伤
现在，你是不可能知道的了

1　西川编：《海子诗全编》，上海三联书店 1997 年版。

这灯红酒绿的世界，诗的女儿
她脆弱的一丝呼吸
蛰伏于
苍茫，夜的空气里

爱的眼睛

——祭诗人骆一禾兼读《春之祭：骆一禾诗文选》[1]

你深谙肯定的力量
一双爱的眼睛，投射出
圣洁的光，每一道
总那么的温柔，清澈，明朗

太阳和土地，给予诗歌养分那么多
一路上志同道合
你紧握海子的手，坚定地说：好兄弟，别怕！
可是，神的无声召唤

1　陈东东编：《春之祭：骆一禾诗文选》，广西师范大学出版社 2020 年版。

已临近。山海关那锃亮的铁轨
诱惑的寒光，闪闪发亮

为延续他的诗脉摇旗呐喊
奔走日夜，当你疲惫地闭上
爱的眼睛——
你不知道，神已经召唤你
一同
前往

殷红的花

——祭诗人戈麦兼读《戈麦诗全编》[1]

舒卷，展读，膜拜
经典的诗句明亮温暖
记忆的水域活跃飞鱼
岁月是影子的君主

1 西渡编：《戈麦诗全编》，上海三联书店 1999 年版。

湖面漂着汩汩殷红的花
热情者更热情，冷漠者更冷漠
忘记你，又或记住
你的名字贴着双面标签

献给黄昏的星[1]
呼啸而过。照亮天际的那些
诗篇，在我低垂的眼帘
不动声色，分行排列
独属于我的部分，也把我
和他们，区分开来

时间刻度万物，你的生命不是
徘徊于幻觉迷宫
记忆鲜活，每年 9 月 24 日
爱你的人写诗或诵诗
以同一种心情，不同姿势

1 《献给黄昏的星》是戈麦的名作之一。

关于你的白日梦

——重读李天靖诗集《你是你诗歌的猎物》

一切戛然而止，在这个夏日午后
戛然而止的，还有我的习以为常
关联一个人的精神内核
直指神圣的主题：诗歌

电脑里的文字瞬间惊慌成乱码
呆坐着，不思考，也不起身
不评论，你睿智幽默或锋芒毕露
默诵你的诗，冷峻、先锋，或前卫
思考这一切意味着什么

诗海无限辽阔，站在某段河岸激扬文字
诗坛灿若繁星，可能你仅仅是
某一段诗歌史的见证者
不经意留下缈缈余音
或许，因此而构成历史的一部分
真不愿相信，从此你
闭目噤声

你终将成为你诗歌的猎物
哀恸这一劫渡你远行
乞求光阴倒退，重回去年诗歌节
我们分享咖啡，分享喜欢的诗句
惊叹诗歌魅力
此刻，抑制悲情
让我安静做一个白日梦——

“我迷恋诗，甚爱分行排列形式
也爱欲说还休
以及，欲言又止的留白
尽管诗艺不高超
只求经过诗意的浸泡
我能驾驭生命之舟
看星梦，坠落神秘的诗海……”

万物静止，任凭泪水奔流
只愿今晚夜色温柔笼罩过来
你仍将如期返回尘世

（2020 年 8 月 3 日下午惊悉诗人、评论家李天靖先生病逝而作）

大海不会老

——重读冬青诗集《大海究竟有多老》

大街上，一束束玫瑰凌空舞蹈
这日子正是芳香萦绕
晨曦静静抚照你熟睡的脸庞
我的泪，倾泻成诗行

一叶孤舟，被大海带向远方
枕着涛声，你睡着了吗？前世的情人
究竟有多老？梦中的海边有玫瑰吗？
睡吧，如果累
请你在大海的怀抱里安睡

星星泣哭苍穹，怆然俯瞰
尘世波谲云诡凛冽之光
海风拒绝亲吻沾满泪水的细沙
让我把一枝鲜红玫瑰
遥寄诗海

大海在啊！唯愿你的诗魂永在

（2021 年 2 月 14 日凌晨诗人冬青病逝）

飞撒的痛

——重读杜立明诗集《我的诗经》

突如其来的噩耗
似乎扯断黑夜的思绪
用凄凉的词语，将飞撒的痛，聚拢
悄悄缝入心扉
只是，你已经听不见
压抑着千回百转深情的泣诉
我也追不上山长水阔的光阴
物是人非，只有踉跄的心含悲
寂寂，静静
静静，寂寂
风中传来《我的诗经》

（2021 年 4 月 30 日深夜诗人杜立明病逝）

窗外

——重读傅天琳诗集《柠檬叶子》

高耸入云的楼
垂下，想去流浪的灯火
一棵树，与夜色融为一体
沉默送别远方闪亮的星
隔着秋风，隔着玻璃

今晚，窗里与窗外，连接着
失去母亲般的锥心，风也锋利
抬望眼，月挂柳梢
如诉，如泣
深秋落叶藏着凄惶的别离

柠檬黄了温柔甜蜜，如同你
从大地采撷而来的清新诗句
生动，洁净，滋润心灵

这丰盈与充实，由“果园诗人”
送来苹果和草青

（2021 年 10 月 23 日惊悉诗人离世，《一棵树》《柠檬黄了》均为傅天琳所作诗题，她被誉为“果园诗人”）

月光花语（组诗）

纸上的月亮

今晚，天上的月亮
是游子的
也是诗人的
幸福或忧伤，流传千年
印在了书上

你的月亮，我的月亮
都是
纸上的月亮
一辈子，画在
彼此的心上

我不知道
中秋，月圆
究竟代表了
幸福，又或，忧伤
它挂在天上

中秋月

明亮的月光，把夜色稀释
月宫，并没那么遥远和凄凉
用几行诗做下酒菜
桂花树旁
醉倒了吴刚、嫦娥和玉兔

月饼，把幸福的故事分装成
各种味道的馅儿
团圆的歌，反复吟唱
藏在云朵后的全家福
每一张脸，都在月圆时分

笑意盈盈

独自伫立于月光下
月亮它就
瘦在我心里

月光吟

月亮，是潮汐的赠予
最是那一缕清辉的冷，意境悠远

古往今来，咏月的诗画
洇透了宣纸

阴晴圆缺，主宰身在异乡的孤旅
诗的叹息，无声落在书上

月光下，我怕眨眨眼
乡愁会飘过恍惚迷离的眼睛

除了今晚的月亮
我能用什么，圆润自己的身心

秋月赋

一枚美人镜倒挂天空
秋霜刚融，魔都梦幻般绮丽
欲望诱惑，用时光拖住游客
返乡脚步迟疑

岁月的脸，泛着银灰色光芒
光芒，是不是月光的一部分
目光，挡住风霜
把爱融入茫茫夜色

怀揣清辉，对你温柔祈祷
思念，愈演愈烈
秋风拽着绳索把月亮挂到天上

此时，家乡的明月，分外圆

星光下

空气充溢流水的声音
星光下，乡情
一片静谧

密不透风的夜
有一堵高墙
割断视线

星星眨一眨眼睛
摄下黑暗中的剧情
导演，是我们自己

荷 花

一茎荷
亭亭玉立池塘中
蕴藉，含蓄，氤氲
心，陡然化成一缕清风
悄悄仰慕

仰慕它高傲地盛放
纵然被污泥深埋
风雨袭来，烈日暴晒
不怒，不争，不辩
静默依然，含一抹粉红羞怯

卓然而立污淖中
那些赞美，与己无关
撑起一把把绿伞
兀自清凉，芬芳自许

栀子花

夏至，栀子花开
那些转眼即逝的联想
常常，让我掩面
洁白又芬芳

今夜，为你
将心事和盘托出
是疼痛，亦是释放

凉风习习
唯有，栀子花
一点点
袭来暗香

桂 花

桂花从不大声说话
但需要某种仪式登场

秋风最适合
黄的蕊，甜的味
轻舞，飞扬

外婆用它，熬粥
我用它，泡茶
岁岁年年，唇齿留香

梦中，父母轻唤“桂花”
醒来，眼前桂树成林

落叶理解漂泊
窗外挂着月光

水仙花

注入清泉，生出渴望
青葱。淡雅。芬芳

与清冷，做伴
为热闹，添香

在复杂的尘世
释放简单的爱

年，一天天临近
花，一朵朵盛开

蒲公英

蒲公英在手中
慢慢旋转
雪花般飞扬
漫无天际

花是自己采的
还是独自来欣赏

你的声音真轻
碎言碎语像蒲公英
一朵朵没有重量的雪
在我眼前
飞旋，飞旋

月季或玫瑰

月季或玫瑰，淡淡花香流溢
层层叠叠，花瓣旋向一个中心
一瓣一瓣裹缠偎依
渗透浓情蜜意

二月暖风，天上洒下花雨
今日今时，切片月季与玫瑰混迹
盗花贼，掰扯满地落英
为自证清白，每一朵玫瑰哭红了眼睛

刻意包装玫瑰，用以表达爱情
这世上有太多失明的眼睛
良宵不为青春而眠
烛光晚餐，早已经丢失初心

牛郎织女钟情月季
平平淡淡最是长情
无奈商家精于算计，让真爱

经历一场虚惊

蝶恋花

这个热吻献给你
动心与不动心，匆匆路过的人
不知道。但风知道
吸引和爱慕，如空气，如微尘[1]

不刻意揣想，过去，未来
现在，谁的一掬清泪
在时间画轴里
飙飞

即便是风雨使你飘零
那一身冷香
令我沉迷

1 “如微尘”来自张爱玲经典之语：“见了他，她变得很低很低，低到尘埃里。但她心里是欢喜的，从尘埃里开出花来。”

不离，不弃

水中花

镜面下，静躺
水中央，妖娆
触摸不到的美丽
梦幻般
为谁盛开

徘徊湖边
构思一首诗
为它赞美
又觉得，此景
不可思议

花，永恒在水里
水，失却了时间

冰冷世界的花

暮雨潇潇
开在冰冷世界的花
瞬间冻成一幅画
花瓶里，数枝蜡梅
瘦得贫血

寒冷季节
美丽娇弱的生命
以冬眠方式
续存于世

春风多情
没有预谋的热烈亲吻
让酣睡的花
一夜嫣然

花落的声音

花，飘落，一瓣瓣
看得见，却无法聆听
四季之内，兀自盛开
又兀自凋谢，天地间轮回
当你以为
花落，无声
花开，亦无声
请闭上眼睛
静听内心的声音

他乡我乡（组诗）

黄山迎客松

迎客松，从巨大的飞石探出身
层峦叠嶂，云雾袅袅绕膝而来
游客眼神，染绿松针的葱茏
连心锁，让日光月光和风雨
锈蚀。一条石凳在此等候

峭壁岩下，石鸡和山蛙鸣唱起伏
一簇簇水草，任喧哗声漂洗打捞
水蛇扭着腰肢，渡过了青春
我匆匆拾掇初来乍到的梦
溪畔的野花，暗香浮动

汗水，踉跄跌坐在山头
由于你的缺席，迎客松的热情
打了折扣。太阳雨从头顶掠过
松针的末梢，还有松香
迎风，微微颤抖

古都南京

信步六朝古都巷陌
秋风，倒叙各朝宫廷秘闻
刀光剑影的宫斗和香艳脂粉的迷离
让我夜半惊醒
冷风侵袭，如古装剧里的刺客在侧
内心惶恐旧梦的缠绕
怅然。思吟。寻觅

空气飘浮不被人知的隐秘
秦淮八艳的寂寞是否留在了这里
窗外一树花影摇曳

月亮的眼光诡异
幻觉，被房间微喘的排风扇放大
松软的被衾做着洁净的梦
晨曦微露
呓语悄然隐匿

虎门感怀

从一片海飞临另一片海
海浪，拍打堤岸的额头
寻寻觅觅，脚步踩在历史尘埃上
古炮。弹坑。废墟。残垣
西方的坚船利炮
隆隆炮声犹在耳际
一百八十年前的虎门销烟
正义的烟云，缓缓从眼镜片前升起

渔民，游客，椰树，帆影
海风吹来苦涩咸湿的苍茫

但愿今日飘过的云看到
和平鸽在宁静天空下飞翔
但愿明天怀古的人铭记
这片英雄的土地，曾经的历史
以及，一段屈辱历史的
来龙去脉

一样，湛蓝的天空
不一样，澎湃的涛声
日夜咆哮、奔腾不息

漓江轻舟

桂林的山俊俏多情
陡峭，碧绿，清新
患有洁癖的它
一年四季都在沐浴
或用烟雨，或用曝日

我喜欢——

桂林溪流清浅，山峰桀骜

漓江之水

时而黄，时而白

倒影的山

忽而娇，忽而媚

山山水水，如梦似幻

穿梭青山绿水间

我仿佛就是多出来的

一叶轻舟

我的城市，上海

横穿整个城市去往郊外

困倦的身心松弛下来

庆幸毋需跨国护照神游了欧洲

梧桐树，散发法国绅士的优雅

白玉兰，硕大的花朵

宛如身着白色礼服的东方少女
步态摇曳，像极惹人嫉妒的爱情
便利店斜靠拐角小憩

城内车水马龙，高楼林立
灯红酒绿的市井气
有我迷恋的烟火气息
那些为你准备好的小确幸
是现代大都市的清凉慰藉
寺庙，教堂，天文台
石库门弄堂，滨江大道，新天地，田子坊
披一袭尘世的繁华外衣

我的城市，上海
长江的尽头
偶尔飞过鹭鸟问候它的亲人
湿地芦花浅唱低吟
为我卑微的愿望和羞怯的表达
准备了这一首诗

回家的路

酥软的泥路自十万山脉蜿蜒而出
心，雀跃归巢
踩疼田埂，寻找旧时水井和风车
稻香穿过阳光雨雪
儿时的光阴被渐渐风化
又被橡皮筋拉长
藏在山坳的松涛声
灌满忏悔的耳朵
谁坐在晒谷场高高草垛上放歌

风把院门吹开，往事还悬挂屋檐
儿时玩伴声声呼唤，乡音喧哗
相见，已不相识
院子里，旧藤椅，摇晃中战栗
灶台上，鱼肉飘香
老屋褪去昔日的亮堂
穿越外婆慈祥的目光
回忆中，袅袅炊烟

凌空舞蹈

榕树下

夜已深沉，披衣来到村头
用一双三十年游子的眼睛
贪婪地，打量夜空
山峦沉睡，只有竹林刮过一阵阵风

村口的榕树，被我无数次爱过
代表家乡，它又无数次出现在梦中
苍穹之下，茂盛的枝叶像巨大的黑伞
夜色，雍容而神秘
我禅定，呼吸
亲情疏远，血脉还连着血脉
今晚，和家乡的树木并排站立
一把泥土，紧握手里

亲吻家乡湿漉漉的空气

亲吻温柔的晚风
真想放肆亲一回家乡的脸庞
它却藏在了月亮身后
竹林刮过一阵阵风
村头小河哗啦啦，湍急而过

叶落归根

七十岁父亲突然热衷于修族谱
他相信，族谱里有叶落归根的安全通道
在广州弟弟家住久了
老花镜片四处反射故乡的身影

女儿，从上海回来探亲
学历史的她成了父亲好帮手
整日敲着电脑键盘
族谱上寻踪，辨认先祖
她也越来越相信
叶落归根

翻遍族谱，纠谬
大多数乡贤并没有返回家园
热衷于修族谱的父亲
轻描淡写，对此结论视而不见
仿佛，局外之人

回乡，不止思念

乡村疲惫的面容留下贫瘠的黑痣
弯弯的小河是它明亮的眼睛
一筐烤地瓜，喂养童趣童真
一节红甘蔗，甜蜜亲情血脉
外婆斑驳的梳妆盒
收藏儿时的笑声

拜谒一草一木
　　一河一山
新树、新草滋养风水宝地
鸡蛋、果品、糯米酒慰藉亲情

沉默站在先祖墓前祭扫。仿佛
父老乡亲从院墙闪了出来——
一个井里挑水，一个河里捞鱼
一个田里插秧，一个锅里吃饭
同一姓氏，沾亲带故
同一血脉，散枝发芽

永恒的怀念，绿了山冈
挥手作别，枯藤缠绕祖屋
一切再归寂静

乡村记忆

我和故乡没有太多亲近机会
它只是外婆、姨妈，或表姐妹
曾经生活的场域
离乡四十多年，偶尔回趟老家
记忆愈发清晰。时间的窗口
绝对静止

生活在城市的水泥森林里
寻找故乡的夕阳、月光
在我和童年对视之间
无端冒出，不甚连贯的诗句
聊以慰藉

迟迟未能完成的宣纸上
炊烟，小河，田埂
总想争抢入画
让我情不自禁怅惘
暮色笼罩的喧嚣都市
如此陌生

（其中《黄山迎客松》《古都南京》《虎门感怀》《漓江轻舟》《我的城市，上海》发表于2021年8月24日《旅游时报》）

聆听物语（组诗）

爷爷的长衫和外婆的蒲扇

（一）

爷爷，一位前清秀才，在书里
住着红墙绿瓦。徐徐清风
掀动他的一袭长衫和一册诗书
仿佛看到
一匹白马穿越时光隧道
驮着诗经楚辞汉赋
驮着唐诗宋词元曲明清小说
驮着千钟稻粟玉石黄金
奔驰而过。琅琅书声中
穿长衫的秀才，衣袂飘飘

一片，两片，三片……
如同旧时风向标
潇洒，立于天地间

（二）
在时间的河床上
蒲扇和橡皮绳、小人书都排着长队
如果它们在记忆里睡着了
长大了的我们
说话，要轻
走路，要轻
别再一次次
惊醒它们

真不知道，蒲扇的风力
如此之大
带着外婆的体香
百闻不厌
童年的梦，摇到外婆桥
温暖，绵长
那习习凉风

仍在心底飞扬

旗袍和红灯笼

（一）

T 型舞台

众人，眼花缭乱

欲望，试探着边界

经历了历史风雨，忽明忽暗的

洗涤。服装革命

让旗袍写满

中国智慧

谁设计千娇百媚的

旗袍

广告牌

没有注释

（二）

舞台上、电影里的道具或场景
点燃，男人和女人
的欲望
暧昧。幽暗

红灯笼
高高挂在宅院屋檐
照见，人影绰绰

它隐喻，谁的现实——
正剧和闹剧
喜剧和悲剧

蜘蛛和蜗牛

（一）

蜘蛛，有时像画家
为自己画一个简单的家

有时像织娘
为自己织一件本色的衣

穿梭的呼吸是唯一一具肉体
吐纳，所有神秘

密密的横线是财运
实实的竖线是桃花运
紧紧交叉的十字结
吉祥的寓意

（二）
很多“慢”的东西都消失
有轨电车
水磨汤圆
绿色外衣的“情书”

今日赋诗“蜗牛”
耳边却是木心[1]的声音

1 木心，当代作家、画家。

“从前慢——”

有只蜗牛
正爬上
回忆的楼梯

站台和麻雀

（一）
诗，与远方
梦的翅膀
站台像微信敞亮厅堂
在九宫格里展示
大地、海洋、天空的向往

列车，缓缓驶来
长长的翅膀，铺设两条延伸的
轨道。每天以风的速度
载着希望

归去，来兮
站台发酵伤感
只有风儿
知道

（二）
麻雀，屋檐下欢闹
飞入寻常百姓家
这幅风俗画，早已收藏在
儿时记忆博物馆里
价值连城

城市森林密布
为了写诗，重新构思和想象
钢筋水泥屋檐下
一只麻雀扑腾
如何安家

浮萍和梧桐

（一）

大自然巧手
把一片片绿色的云
绣在光滑的
锦缎上

小鱼和小虾
有了遮风挡雨的
庇护道场

如镜的湖面
泛起潋滟波光
心事，无迹
向远渺茫

（二）

保持挺立姿势
阔大的叶子写满了故事

梧桐逡巡道路两旁
艳阳。雾霾。雷鸣。电闪
风雨中领受无常

有时，翅膀被折断
偶尔，枝条遭砍伐
用超乎想象的耐心
优雅地
笑迎凤凰

砧板和陀螺

（一）
一块砧板，超越生死
甘愿忍受万刃千刀的砍伐
直至被时间的利斧，剁得
体无完肤
在支离破碎时
为更多人的生存，涅槃

（二）

一只陀螺，用足尖
踮起生命的力量
不置一词
承受着鞭打
当外力消失，饱受摧残的心
冷傲地，卸下盔甲

盆景和花瓶

（一）

某些艰辛，以艺术的形式
呈现。带伤的躯干上
谁的眼泪在飞

试着以美
修饰梦，以爱之名
雕琢永久礼物

大自然的回忆里
谎言，灌满时间的耳朵

（二）
这瓶中水
剔透，晶莹
最小的花叶
也能从你的身体里
认出自己

亭亭玉立
你如此优雅，美丽
花茎，投入你怀抱
花魂，长出隐形的翅膀
爱之味，芳香四溢

第三辑　时序

大寒时节
一个人研墨习字
在补白处想象
无中生有的温暖

——《大寒》

春天的十一种柔情

1.

柔媚的阳光之下
我守着一株粉红桃树
看它喜悦、丰硕

晨风里鸟鸣清脆如歌
梦，蘸满绿色的浓汁
挥毫，锦绣绫罗

蝴蝶张开彩虹的翅膀
拥抱眼睛和花朵

2.

春水轻轻荡漾涟漪
像一张永不过时的
经典唱片

一圈圈仔细刻录下
桃花、李花、蜜蜂、蝴蝶
柳条依依的倩影

你低头浅笑
鱼儿游过来
要吻你

3.

总有比眼睛和心灵
更早抵达春天的呼吸

总有胜于水果和酒酿的香味
更令人陶醉

春为大地的花调色
一朵比一朵，明亮
一朵比一朵，艳丽

蝴蝶与蜜蜂醉在花丛中

4.

春雨把心事淋湿
春风把忧伤悄悄捎走

鸟语花香，春意浓稠
心和晴空下的花一样安宁

一半怜惜，一半希冀
春心，伴随时光慢慢沉静

5.

牵着春的手摇醒料峭的寒冰
听它诉说，熬过一冬的春阳
深藏于心的忧伤，听它诉说
迎春的花期被突兀错过

白玉兰探出毛茸茸的骨朵
牵着春的手摇醒串串风铃
听它诉说，春天来了
每一片嫩叶都有葱茏的梦

6.

春的眼睛，戴着绿色的眼镜
盛开的油菜花，金黄的海跳入眼帘

灿烂的事物奔向春天
春之圆舞曲藏着快乐神仙

草长莺飞，我的一首短诗
点缀在人间美景外面

7.

春光乍泄，风吹开窗帘一角
布谷声声，和着溪水节拍欢唱

鹅黄嫩绿飞上枝头
姹紫嫣红迎面扑来

时光嘀嗒，季节又拨动顺序
春姑娘的脚步处处带来惊喜

8.

听，惊雷响起，雨亦无眠
时序轮回，不必千呼万唤
千年之约是不变天职

思念的人，彼此之间的默契
如同好雨漫过心田
毋需卑微祈求，高高赐予

9.

春雷震裂泥陶，蛰伏的虫儿惊醒
浮冰不怀好意掐住萌动的春心

春风吹皱如镜的湖面
春天扑闪天使的眼睛

阳气随第一缕春光升腾
希望与沃土，融为一体

10.

微风拂面，丝丝缕缕的雨
一场冰凉与温暖的约会

把盏，读诗，种花，赏景
绵绵深情，满目春光

这个季节，淅淅沥沥的雨
冰凉和温暖约会，不绝如缕

11.

四月，织就五颜六色的网

眼睛，被缤纷落英迷茫

风来了

雨来了

你也来了

借一日春色

拾一片落红

却，无意挽留人间

一丝丝芳香

夏之浪漫·七夕

1.

差点忘了有此节日

我偏就不出门

就不

想你

一首诗，涂改无数遍

怕词不达意

怕一不小心，就写下

情呀，爱呀

那就插一束花

再煮，一杯咖啡

不加糖
加定语

2.
这个节日，少雨
水却充足，牛郎织女鹊桥相会的
地方，叫天河
有专家考证，七夕
其实与爱情无关。一年一度
黄瓜架下，葡萄树旁
千家万户穿针引线，只为乞巧

遥望星河，折叠床上的影子
这一日，我的发际
有了孤独的弧线
腾空而起的梦，又一次情绪失控
消失在
青春被窃取的地方

3.

八月十四日
这一天，是今年的七夕
人和梦的脸，不幸都
戴上白色口罩
电视新闻画面清新干净
少了，商家促销的广告消息

七夕，这一天，不再倾诉心之涟漪
一首诗写得顺畅出奇
灵感飞扬，激情四溢
缪斯只青睐爱它和它爱的人
碰巧遇上，足够幸运

淡定地，写着画着
想那，水中月和镜中花
心，却似同
吹过的风
和，飘过的云

4.

渴望步入深山庙宇
无望之痛，普度香火前
此刻，所有的祈愿
皆与虔诚无关
多年前不期而遇
转眼已是天涯
南山的梅花如期盛开
空遗下，枕边的
时光芳华

如果千年轮回的盛宴
竟以悲伤的结局隐入漫漫长夜
我将拒绝美食
温暖的慰藉，既然
命运咒语不能破解
就让我月下独酌
饮下的风，会替我
与一段感情和解

谁来还我一场艳遇

数百首诗情，日夜奔泻
多么像阳光下积雪的崩塌
而夜幕，缀满陌生的星星
星光，铺设成一道
再度牵手的银河

5.
想你的时候
想湖泊想蓝天想水天相连
想你的时候
想瀑布激流想汹涌澎湃的热恋

想你的时候
想欢唱想大笑想歌舞翩翩
想你的时候
想电闪雷鸣想划破长空的思念

想你的时候
想日升日落想彩霞满天
想你的时候

想星星月亮想白云飘飘欲仙

想你的时候
想天长地久想烟雨蒙蒙里缠绵
当我，想你的时候
想拥抱亲吻想身心交融的长眠

可是，为何想你的时候
总要泪流满面
忘不掉，你远远望向我
浅浅深深，深深浅浅
那一眼……

又一个秋水长天

1.

风把头发，吹凌乱
我假装不安分，稍又迟疑
束上马尾辫，懂事地收敛自己
夕照，如残血；心碎，如玉碎
一把风，急拍紧闭的门窗
夜幕垂帘
立秋，知秋

酷夏，热度叠加倦意
夏蝉叫累了，心就更累
秋临，收拾头顶一方天空
秋高气爽，小声说：我爱秋

又一个，秋水长天
季节自然更替，生命
悄然轮回

2.
比飞燕还轻盈
命悬一线
落下去，落下去
是地狱在召唤
还是天堂的怀抱
缘分，不肯放手
有舍不得的，纠结
有放不下的，惘然
秋叶，肃穆金黄
生动诠释辩证法
一片片，因枯而美，而荣，而重生
像手持念珠的布道者
为苍生轮回
求愿，祈福，默祷

3.

薄雾，缥缈朦胧
看不见远黛，看不清近湖
世界高深莫测，天地混沌模糊
落叶，构不成窗前景物
寻找朝霞，回眸
一轮金光欲喷薄

没有躲闪迂回，露珠晶莹
枯叶是季节最短的距离
天空飘着干净的蓝色外衣
日光与月光如白驹过隙
谁来分担，季节轮转哀愁饮泣
花，叶，果，一年一季
皆如禅意

4.

手握一缕秋风
指尖瞬间闪出金色光芒
月光轻抚我的长发

风吹来你说话的声音
宽慰，从时间旅途抵达
风的飘带似片片叶絮
任秋风吹，遇到爱
漫无天涯

5.
月色变老，残留的光影闪烁树梢
瑟瑟秋风馈赠人间一个字：
凉！凉！凉！

凉如薄纱轻拢大地
树和河流随风注释天气
感知落叶渐失温度，倾听
季节吹奏长笛

地白天青，最是晚来风急
路人行色匆匆
惊寒雁阵南行

冬之温暖·除夕

1.

夜与昼交替忙碌，更迭团圆食谱
油盐酱醋，溅起烟火气息

锅碗瓢盆，敲打味蕾的记忆
美食如美女，唯中国除夕

时间翅膀折断的声音
注满酒水的杯子

灯影、身影、祝福语
围着餐桌，始终保持亢奋神情

夜，陪春节晚会守岁
唱唱跳跳，迎来晨曦

辞旧迎新中，杯盏觥筹
羞红着脸，告别往昔

2.
团圆的故事
今晚在无数圆台桌上
轮番上演。守着一桌子佳肴
我把美好生活的想象
反复放在味蕾咀嚼，品尝
最终我看到家教祖训
在一锅滚沸的浓汤里
漫溢而出
团圆的故事
幸福的日子
比我写下的除夕
还要生动

3.

除夕，红包在微信里飞
天南地北红红火火

都说这样才有年味
我也不能免俗，你来我往

包完一个心愿，再包一个祝福
我的红包，在网络天地里穿梭

一秒，稍纵即逝的拆分
一个，众星拱月的点赞

短暂的热闹
慰藉隔空的情感

伴随零点钟声
新的一年，如期而来

4.

新春第一缕阳光摇醒我
手机里的祝福满溢而出
一句句，缓缓流淌着欢乐

窗前，我的眼睛碰落几粒旧尘
轻轻飘进诗里。那是你遥远的声音
“好好写诗，好好生活”

此刻，新春的畅想红红火火
为每一颗心灵准备一场欢歌
我只为你献上薄薄的
一页诗笺——
新春快乐！

时间的表情（组诗）

立 春

花儿冻得不想绽放
立春，农历二十四节气中的
第一个节气，记住它
记住一个农业大国的出身
婉约或婀娜的词语频频出现
花和柳，必定收获最多赞美
希望与温暖，是这个季节的标签

空气清寒而干净
草痕湿润如玉
记住大地恩情，春天来了

它奉献给我们的
远大于我们所期待的
不止于阳光
还有，泥土芳香

雨 水

有多少雨水落下
就有多少好收成
贵如油的春雨飘满枝头
一年好兆头就藏在绵密雨水中

有什么比一朵花
在雨水中更慌张呢
漂亮的脸蛋
被雨滴砸得生疼

撑一把伞
想象丁香一样的姑娘

雨的前后左右都飘着雨呐
这个季节，万物都在雨水中鲜活

惊 蛰

雨声雷声，蜂鸣蝶唱
是谁把这些妙音收集起来
又在今日释放
空旷而辽阔的声音
吵醒沉睡一冬的虫儿

布谷催耕，桃花朵朵
睁眼的一刹那间
恰与春风撞个满怀
笑语自空中抛洒下来
空旷而辽阔的声音
——沉落人间

春 分

春天总令我着迷
粉嫩，娇嗔
年轻女子一颦一笑，清新水灵
坐在阳光下
也是花雨满庭芳
翩翩少年，骑竹前来
四面有八方来风
微醺，微醉，微甜
笑脸，在光影中绽放
冷与暖，再无沟壑
清澈澄明的天空
写满箴言

清 明

这场雨水，每年淋透多少心
是谁在大地上导演亲情大挪移
踏青人流逶迤一行清波
扫墓队伍最终与某种仪式对接
纸幡，高香，冥币，供品
青山背景叠加雨帘
荒芜的墓冢上，模糊的照片依稀可辨
文字生平，雨水使它们再度清晰
逝去亲人的笑貌音容
涟涟泪水中又再复活

谷 雨

喜雨飘洒又闻花香
双足在水中溅起珠光
春天远去

太阳弹奏金色的琴弦
大地吹响明亮的音符
——好雨知时节
布谷声中禾苗疯长

为滋润人间芳菲的喜雨
我愿写下
万语千言……

立 夏

一只鸡蛋如何稳稳站立
我琢磨它圆润光滑的外观
努力寻找立足于世的边界
一边拨弄，一边倾听
春风与夏雨交谈

站在秤上，试图称出生命重量
习俗供全民狂欢，阳光移去阴霾

在灯下冥想
是否该为夏季的初潮歌唱

对无法破译的自然现象
我选择避而不谈
夜色里，一阵阵传来
夏虫的呢喃

小 满

这个节气有一点点
暧昧。不冷，不热
亦阴，亦晴。青葱夹带羞涩
若隐若现的蝉鸣跳上盛夏枝头
裙裾飘飘，荷叶田田
在诗中虚构一场爱情
不沾染尘世烟火气息
也不圆满，给想象留足一个节气
的时空。少女的一帘幽梦

隐藏季节中

芒 种

锄头和镰刀挥舞
大地的诗行，一浪高过一浪
布谷鸟，环绕晒场
扑棱出一片新绿又一片金黄
田埂、麦垄
炊烟吟唱千年农谚
是雨水，还是汗水，溅湿了衣衫
新稻的脚步深深浅浅
收获，丰收的粮仓

夏 至

时序指针转向盛夏
少女裙摆婀娜舞蹈
一朵朵荷花为青蛙撑伞
万物与季节分享阳光的慷慨
打开心窗，接纳欢乐和悲伤
任思绪，云卷云舒
让往事，隐入海浪
蓝色的画布裹藏起长夜寂寞
大海点点星光
听得见，浪涌、涛回
看得到，花落、花开

小 暑

刚刚褪去梅雨的潮湿
魂不守舍的表白像时节一样滚烫
越过重重雨雾，越过悠悠白云
请你不要沉默啊，一份深情
渴望，一条贴心的微信和
一首思念的小诗
丈量
抽刀，斩不断流水
思念，已揉入夏夜
炽热的风语，可否燃烧
恋恋红尘中的孤独和凄凉

大 暑

七月阳光，浓郁的亮色
以汗水，以困倦，以慵懒的方式
阵阵袭来

视线被高楼切割
烈焰燃烧，思绪跃然纸上
云梦古泽水声一片
远方，秦砖汉瓦斑驳陆离
近处，唐风宋韵浪漫沧桑

大暑，端坐在七月风口
俗世尘埃寻找落脚的穴巢
卑微，透明，浮华

炽热和孤独，汹涌和绝望
孤注一掷，与我
如此相像

立 秋

暑气吐出呼吸
热浪潮水般上涨
凉薄的晨曦，无法猜度节气的
阴晴不定和暧昧不清

林荫道上，露水闪耀，逐渐变冷的
枯叶，犹如爱情中受伤的泪滴
渺渺婆娑的果实，招摇欲滴

大暑，即将被季节快捷键删除
不识趣的知了，喋喋不歇
秋意，停泊在橱窗街景
日照盘踞，一缕缕，阳光十里

处 暑

夏日的热浪漫过脚踝
紧跟秋的步伐
季节丛林从不遵循雨水法则
阳光，连同它的热情
灼灼燃烧。思绪把手掌伸向云端
烈日引来的山风滚烫
身体随热浪升旋
时间之河后浪推前浪
疼痛随时序渐渐平淡
当暑气渐消，泪水就晒干

白 露

露珠，沾带《诗经》古韵
洒在九百六十万平方公里的土地上
润泽人间词话的芳香

季节，像一位摆古[1]老人
我和秋风排成长长的队伍
梳理阡陌纵横的心田
大地的颈项，晕染白露淡淡苍茫
没有返程流水回眸时光
举起收获镰刀，割刈春夏繁华
一阵阵，稻香

秋 分

月光，把夜色稀释
月宫不再遥远凄清
立于月下
无意识系紧丝巾
生怕松手后
颈项被月光灼疼
思念的弦儿就断了

---

1 （方言）讲故事；说掌故。

寒 露

一场又一场雨，秋深露重
梧桐被霜打白了脸
行人双肩微耸，拂过风凉
季节广告牌被风衣占满
秋叶，在足下一片金黄
时序更迭词章的素材
寒露温柔抵抗冬夜漫长

霜 降

清晨的树梢挂着晶莹露珠
天空干净如洗，偶有雁阵飞过
小草蔫黄，桂花隐去芳香
虫儿开始歇息
唯有秋枫红似火
梨和柿凑着热闹为苦寒之胃去燥

"早晚如冬，正午晒被"
"冬补，不如补霜降"
农谚俚语，没有躲闪和迂回
这一天，冷霜，并非从天而降
而人间
尚未寒凉

立 冬

繁星坠落的声音
宛如秋天最后浪漫的叹息
风，自北而来
吹干了梦和光阴
立冬，树梢发出被风劫持的呻吟
叶儿寂静地沦落为泥
渐渐凋零的惆怅
诱引天各一方的亲人计算归期
无法掩饰的思念穿上厚重冬衣
抵御，寒气侵袭

小 雪

日子化作时序的齿轮
又是一年小雪时
思念，隔着时间的流水无法拥抱
用形形色色的钥匙
打开心锁。沉默
像积雪一样窒息

巨大温差像你我的感情
忽冷忽热，忽热忽冷
空洞的灵魂缺乏温度
彼此反复做猜谜游戏
读心术，是时代的流行病

大 雪

晨曦越来越淡
马路越来越白
各色蜗牛爬行
大雪给城市一场狂欢
让一些物，有生气
让一些人，活过来

季节请高唱御寒赞歌
大地收容枯叶和忧伤
窗花冬眠，窗外银装素裹
梅花风情妖娆，一双白棉鞋
沾满鸟儿洁白的羽毛

铺开宣纸，沽一瓮酒和雪花对饮
且饮，不醉
渴望一场大雪温柔覆盖我
让我洁白
轻盈飞翔

冬 至

电脑屏幕齐刷刷黑屏
下班的脚步飞奔似箭
靶心，是今晚餐桌的汤圆和饺子
粘满祝福，它们如此优雅
鲜花、红酒、佳肴
送出如意
送出吉祥
所有笑声无比美好
在最漫长的冬夜
温暖和希望
正一天一点
明亮起来

小 寒

时序之手推开隆冬大门
嗖嗖冷风穿堂而过
多少前尘往事，随风赋形

你的目光冷峻迷离
时光小鸟飞向天际

冬夜漫长，梦语碎地
没能与你重叠呼吸
让同频共振失去磁场意义

燃起炉火，用它照亮余路
小寒之夜把梦遥寄
好梦才有驱寒融雪的勇气

大 寒

彻骨寒冷，在夜色吞没你身影的
那一刻，心里的星梦
坠落于极远、极寒的地面
游移的眼神
洇透晕黄的灯罩

宣纸上的飞鸟一声声哀鸣
可是在寻觅知音听一曲高山流水
受伤的翅膀，低回挣扎
谁能带它攀上高枝
重筑温暖的巢

大寒时节
一个人研墨习字
在补白处想象
无中生有的温暖

（其中《小满》《芒种》《夏至》《小暑》《大暑》《处暑》《白露》2021 年第 3 期《上海诗人》刊发）

评 论

像一条鱼，在诗海里游弋

王　岚

但凡诗人，或者喜欢写诗的人，大抵是有些单纯天真、执拗冲动，理想化、情绪化的吧。我一直这样认为。

初识崖丽娟，是因为工作上的关系。工作状态中的她，颇具干练色彩，开会发言也是面面俱到。一般来说，对女强人，我是敬而远之的。忽一日，她拿出一沓诗稿给我看，并说准备要出诗集。我有点疑惑。上海文坛或者诗歌圈，好像没听说过崖丽娟的芳名呀。她是敏感的，看出了我的犹疑，有点辩解似的说："其实我 15 岁就接触新诗了！上世纪 80 年代初，我就在老家广西开始写诗……"

至此，从她的讲述中，我了解了她的一些经历。她出身书香门第，从小与书为伴，受到良好的家风熏陶。

大学时代，她读的专业是历史，却是诗歌超级爱好者。20 世纪 80 年代的诗坛，诗人们刚刚从被禁锢的状态中解脱释放，就像鱼，从干涸见底的江河中奔向大海，各种诗派潮流争先恐后登上诗坛，也出现了至今还让人怀念的著名诗人。对此，崖丽娟有过满腔热情的关注并成了这场盛宴的亲历者。研究生毕业后，崖丽娟在上海工作三十多年，当过大学教师、电视台记者和编辑，也在文化部门当过管理者，现在是一本文史杂志的副主编。一晃数十年，就像鲁迅先生说的，“我是把别人喝咖啡的时间都用在写作上”，她则是放弃了看戏看电影、逛街聚会、旅游休闲，加上先生博学、女儿优秀、家务请钟点工代劳，她没有一般女性需要背负的家庭劳累。投入地工作让她获得很多荣誉和奖励，这让她颇感自豪，但和诗歌擦肩而过，又令她有点遗憾。

“除了看书，我所有的时间和心思都放在工作上。”聊天时她这么说，我一度暗想，真没趣。好玩的是，说到诗歌的时候，她毫不设防地柔软起来，天真，痴迷，甚至会露出一丝娇嗔。一次，她冷不防地问我：“你觉得我是怎样的一个人?”我特别厌恶说假话，但知道有时候，真话人家未必要听，但想想她是个写诗的人，心底应该比较单纯吧。我于是直言：“工作中我一直把你当领导，但是当你和我谈论诗歌时，我觉得你是一个心思敏感，也许脆弱的女人。”她一拳打在了我的肩膀上，有点羞涩地笑了。

慢慢地，我有点理解她了，也有点佩服她。我们都是20世纪60年代生人，多少都带有一点理想主义色彩，对诗歌、对文学，都有着一点特殊的情结，因为那就是我们的远方。现实中，繁忙的工作挤压了她绝大部分的时间。单位里，她担任着不大不小的职务，她又是个极其认真负责任的人，工作中不肯容忍一丁点出瑕疵的可能，还要求别人和她同频。这样就很累，难免焦虑。

不知是有意还是无意，也许是命运对她的眷顾，人到中年，她终于又和诗歌重逢了。

工作之余，她开始沉迷于诗歌创作且一发不可收。从此，午餐后的闲暇时光，只要无雨，我常常在复兴公园的浓荫下，听她读新写的诗。“这是我早上在公交车上写的。”“这是我昨天下班在公交车上写的。”很多次，她都这样开场，然后开始念给我听。也有的时候，漫步在工作单位附近的淮海路、思南路、瑞金二路、茂名南路一带，我常常无法抵挡路边商店里食物香味的诱惑，当我说要去买吃的东西，她也不说什么，捧着手机站在旁边，人来人往，她旁若无人。等我买好，她就把刚刚写在手机上的诗念给我听。我有点惊讶，如此纷乱嘈杂的场合，她却能够心无旁骛地写诗，这是对诗有多么的热爱！她又有着怎样的灵感、激情和才情？后来，这样的情形成了她和我之间的一种习惯，一种默契。

诗歌让她宁静，她变得平和豁达。2019 年，她的处女诗集《未竟之旅》获得上海文化发展基金会资助。2020 年，面对突如其来的疫情，社会生活按下了暂停键，而她正好躲在家里，在赏读他人诗作的同时，继续和自己的内心对话，在行行诗句中毫无保留地敞开自己，就像一条鱼，在水里自由自在地游弋，把一首首诗汇聚成了第二本诗集《无尽之河》。这两年，《文艺报》《文学报》《光明日报》《解放日报》《新民晚报》《欧洲时报》《百家评论》《上海文学》《作品》《滇池》《山东文学》《安徽文学》《广西文学》《上海诗人》《浙江诗人》等国内外 40 多家报刊陆续发表了她的不少诗歌和评论。

《未竟之旅》《无尽之河》两本诗集中，爱情诗占了绝大部分的篇幅，如《念念》：

普罗旺斯的薰衣草弥漫芳香
分明是爱的甜蜜味道
在法国，虔诚的采香人

萃取精华，浪漫潇洒

阳光从天外洒下，万丈光芒
香氛的气味和优美的风景
迷幻了我

思念，披着一袭紫色外衣
情绪系上轻柔的纱巾
在碧绿的田野，飘扬

一缕微风轻轻吹过，恍惚
隔空传来深情的声音
亲爱的，时时念念

就像一阵清新的风，扑面而来。想象，是诗人创作的灵感来源之一，也唯有真诚和心中盛满爱意、美意，才能写出让人读之有共情又契合每个个体心思的诗。

2020年上海书展，我受邀参加她的《无尽之河》新书发布会。面对赞誉，她还是理智的。她不止一次地对我说："写诗感觉很容易，这是需要警惕的。我要挑战自己，第三本诗集我想换一种风格……"我说："沉淀是需要的，但激情是很可贵难得的。尤其写诗，趁你还有激情，继续写。风格则不必刻意换，只是写出来后要多打磨，要精品化，要更具诗意，要个性化，要让人一想起崖丽娟马上就能联想到几句只属于你的诗句。就如人们一想到海子，必然会想到‘面朝大海，春暖花开’；说到顾城，绝对绕不过‘黑夜给了我黑色的眼睛，我却用它寻找光明’……”

她听进去了，而且坚决地把我当作她的闺蜜了。我甚至觉得她有点期待我的出现，这样就有机会念新写的诗给我听，然后，迫切地要听我的意见。经常在周末的午夜，还会收到她发来的诗，问我写得怎么样。幸好，我是个越晚越精神的人。可以说，她的第二、第三本诗集中的大部分诗作，我有幸成为第一读者。

我知道她犹豫过是否要出第三本诗集，形式上是否要有突破。与此同时，她坚持思考、读诗、写诗，家里收藏了两三百本中外优秀诗人的诗集，她对诗歌的评判也更精准。从日常生活、情感抒发的需求，到人性深处、生命哲学的理性思考以及诗歌形式上的变化，她在探索，尝试由个人体验转向公众同理。

她给我看了第三本诗集的初稿。我不仅看到了她新写的诗，还看到了她的努力和执着。从第一本诗集主题的“纯”到第二本诗集内容的“广”，再到第三本诗集内涵的“深”，她不断突破自己，由最初亢奋的自发写作进入冷静的自觉写作。在这过程中，她还写了不少极具思考价值的诗歌评论，似乎要从诗歌写作者向诗歌评论者转型，以她的资历和经历，她有这方面的知识储备和人文底蕴。

有一次，她询问我第三本诗集取何书名，随后自己说出三个，其中一个很现代，一个太理智，一个则有点小性感。她举棋不定。我不是诗歌评论家，只是出于对文字的喜欢和敏感，便把直觉告诉她，有啥说啥，也不会婉转。看得出她很慎重，那是对诗歌的敬畏之心。

现在，她的第三本诗集《会思考的鱼》与读者见面了，她的幸福不言而喻，书名是从她的组诗《忧伤渡不过彼岸》中挑选出来的——

水底有丰腴的海藻
喂养自称爱情的鱼儿
它贪食，海水会干涸见底
一条又一条鱼，乐此不疲

鱼儿掀起巨浪，与自己欲望博弈

岸边芦苇亲昵呓语
天上飘过一片唇压着另一片
海水倒映白云的嬉戏

海浪颠簸，一遍遍做猜谜游戏
星座。属相。性格。血型
用“骨灰级”智商玩牌，彼此哪有输赢
情商迭代升级

爱情高手，都是会思考的鱼

《会思考的鱼》出版后，她说可能停笔一阵，一则“因为人生无憾了”，二则持续写了三年多，“有被掏空的感觉”。但是，以我对她的了解，或许，沉淀一段时间后，她又会华丽转身，带给我们新的惊喜……让我们期待吧！

祝贺崖丽娟，三年连续出版三本颇有质量的诗集，诗海不枯竭，她可以永远是一条自由的鱼。

2021年6月1日

（王岚，上海市作家协会会员、专栏作家、记者）

在抒情中真我出镜

——读崖丽娟诗集《会思考的鱼》

邹　进

我与崖丽娟未曾谋面，但不时在全国各大文学刊物上读到她的诗歌，于是就慢慢注意到了她。后来我们有了微信交流，并且我阅读了她的第二本诗集《无尽之河》，对其有了一定的认知。前不久，崖丽娟把她即将付梓的第三本诗集《会思考的鱼》电子版发来征询建议，细读之后，我又一次在心里为她击节。在这里写下一些感想。

诗集分为三辑：标本、对话、时序。崖丽娟如此裁剪布局，不但赋予诗歌个体生命的无限活力，更在实质与内涵上相互增色。

法国著名诗人勒内·夏尔这样说过：“诗歌的唯一兴

趣就是经常的失眠。”崖丽娟非常勤奋，创作精力旺盛。她之所以做得如此出色，我认为，激情澎湃和灵感迸发占据主因。这是一个优秀诗人必备的条件之一。“纸和笔，瑟瑟抖索/思维来不及更换词语/默念他的名字/咀嚼，一百种新鲜的滋味/失眠的脸/睁着苏醒的眼”（《时光把诗雕琢成标本》）。无疑，崖丽娟成了勒内·夏尔的又一佐证：失眠的脸，反反复复失眠，却又强打精神，睁着苏醒的眼。与其说是时光把诗雕琢成标本，不如说是诗人在废寝忘食煎熬诗歌。诗人掌握着主动权，语言、词句、意象、隐喻、修辞，甚至标点符号，都成为诗人的佐料，诗人以之烹饪出风味各异的佳肴，恰如其分地让读者在现实与精神的对立中感受激荡的诗性。

当今诗歌存在这样一种理论：“诗歌具有不可懂性”，诗歌“不是一种句式和装饰上的复杂，而是一种本质的不可说”。实话实说，对此见解，本人不敢苟同，我认为诗歌最重要的是接地气，诗歌的本质最终应该返璞归真，拥抱自然。“不接地气的表达，即使语言再华丽，意象再离奇，也不过是‘糖’诗而已。”我们必须承认，诗歌是心灵的声音，是个人情绪的表达，作为艺术还是应该让更多的人去认识，只有融入大众才不会被大众“隔离”。这在崖丽娟的诗集中得到了较好验证。

“大海自诞生之初/它的心脏就装上永动机/用后浪推前浪的姿势/奔腾，永不歇息/陆地，是海洋的果实/偶然翻身，排山倒海中水火相遇/另一个陆地又缓缓升起”（《忧伤渡不过彼岸》）。对于诗人来说，写诗的过程，就是一个客观万物作用于心的去伪存真的过程。创作过程中，语言是媒介，是心灵的外化，是精神的凝聚。崖丽娟深谙语言意识是诗人的唯一意识的精髓，通过具有无限可能性的倾诉和表述，唤醒了足够多的沉睡中的词语：心脏、永动机、奔腾、翻身、相遇、升起等，让读者对“审美的深度”和“审美的延长”有了更深刻的理解，从而在诗人营造的意境中产生好奇，进而探索，最终达到审美愉悦。

在自己走过的路上应当留下的不是论证，而是足迹，只有足迹才能引导。“藏在细沙里的贝壳、砾石/硌着脚，也硌着心/像一些情感的是与非/有点疼，忍一忍，过去了”（《成长的天空布满心事》）。读这样的诗，绵柔中略带伤感，成长的过程，也是心路历程，有些情感永远隐匿在心灵深处，荆棘与挫折，都是暂时性的，最后成为经验和财富。“过于饱满远远不如留有余地更能催生诗性。”诗人崖丽娟的表述自然平淡中富有张力，由表象触及灵魂。这种收放自如的手法，留给我们的想象越多，也越能绽放诗歌的永恒魅力。

何为“追明诗歌的终极本质”？我以为就是毫无障碍地读懂并领悟诗歌的真谛。“生命短暂/短到，没有答案/永恒如你，也不过这首小诗/敏感，这枚生活的芒刺，触角四通八达/用它刺破思想的囚牢”（《敏感，这一枚生活的芒刺》）。作为一位诗人，崖丽娟非常清晰地了解自己的使命，从不过度追求创作技巧，更多时候，她像一枚芒刺，用语言良知寻找逻辑的终点，将诗歌的热情转换为哲思的透明，尤其那种对现实绝不美化的艺术诚实，让“触角四通八达”，更具一种认识力的穿透，从而“用它刺破思想的囚牢”，有效维护了思想与美学的尊严。

崖丽娟是国家二级编剧，曾担任上海文广集团宣传主管、艺术主管、上海越剧院副院长等职，这种特殊经历让她的诗歌更富戏剧色彩和艺术韵味。在诗人眼里，戏如人生，人生如戏。人类世界的困惑与悲苦实在太多，循环的剧情每天都在开幕和谢幕。“泪水在临界点达到沸腾/戏院里，我若有所思/人生的痛点/戏里，还是戏外”（《戏里戏外》）。读到此处，我不由扪心自问，对于种种无奈和辛酸，我们究竟有多少如此真切的领会？这样的诗句，是一种情感与认知的完美契合，让我们从“粉墨妆容收藏了多少/眼泪和伤痛”中感受到语言觉醒的魅力，其心境、语境及其超越环境的代码，为读者提供了深刻的思想漫游和痛彻感悟。为此，“沉浸戏中的我/百感交集”，看破“幕启/灯灭”，感慨“数不清的风流/不过须臾”。诗歌的抒情，是真我出镜，是我在与世界对话。不可否认，组诗《戏里戏外》不失为有一定深度的孤寂之诗，它摆脱了集体主义，以独特视角的细微洞察，对灵魂进行了深度追溯。

乡愁诗歌一直是诗人们取之不尽的创作源泉。但要写出亲情味，写出人性化，并非易事。著名诗人贺敬之在《回延安》里有一句“手抓黄土我不放，紧紧贴在心窝窝上”，热爱延安的强烈感情感动了无数读者。崖丽娟的诗集中，不乏这样打动人心的作品。“亲情疏远，血脉还连着血脉/今晚，和家乡的树木并排站立/一把泥土，紧握手里”（《榕树下》）。这与《回延安》有着异曲同工之妙。大诗人帕斯一再说过，要多“思考我们的思想和艺术创造”。诗人已经与家乡的一草一木融为一体，生于斯的血脉由此得到滋养，内在情感通过诗性表达，以热爱与真诚为先导，点燃了诗歌与灵魂的艺术光彩，以至于诗人深深遗憾“迟迟未能完成的宣纸上/炊烟，小河，田埂/总想争抢入画”，情不自禁生出怅惘：“暮色笼罩的喧嚣都市/如此陌生”。这是一次情感对话，既是诗人身处异地对故乡的深情呼唤，又是灵魂锻造和自身再造。“钢筋水泥屋檐下/一只麻雀扑腾/如何安家”（《麻雀》）。诗人崖丽娟让文字的内在灵气和直觉感应，自然转化为意象，然后再形成文字，使其灵气物质化。如此叩问，再次击中了读者柔软的心灵，从而引发自省与反思。

真正的好诗歌是建筑在想象力上的针尖上的艺术。诗人非常敏锐，在《春天的十一种柔情》里，她觉察到，“总有比眼睛和心灵/更早抵达春天的呼吸”。此时，诗歌是崖丽娟手中放飞的风筝，现实、真情是那条牵引风筝的线，而想象力则成为托起风筝飞翔的气流。“你低头浅笑/鱼儿游过来/要吻你”。这种想象很奇诡，很洁净，很纯粹，它不依靠逻辑建立，却全然依靠天生的敏锐，巧妙地控制了空灵感，不愧为“妙手偶得”。

20 世纪 90 年代初，汪国真诗集发行上百万册，在诗坛兴起轰轰烈烈的“汪诗热潮”。有许多诗评家严肃指出，汪诗“不能算诗”，是“对读者的误导”，等等。更有人得出结论：读者水平太差。后来的发展证明，这些评论是有一定预见性的，没到十年，广大读者就放弃了汪诗。我始终认为，凡事不能走极端，我们既要理性分析读者一时的热情冲动，又要谨慎甄别研判来自诗坛内部的尖锐批评。为什么那么多读者对汪国真的诗歌买账？究其原因，好读易懂。

如何让诗歌真正融入大众？无非在两个维度狠下工夫：提高写作难度，降低阅读难度。令人欣慰的是，崖丽娟于2019年、2020年连续出版的两本诗集《未竟之旅》《无尽之河》都销售很好，她在诗坛还不能算是大佬，但作品却得到读者的认可。从崖丽娟的作品中，我们不难发现，她的创作态度极为审慎严谨，她总是想方设法把阅读的门槛降下来，给读者留一个无障碍的绿色通道。她尽量使用常见的字词句子，在抒情中自我出镜，通过一系列复杂的排列处理，进行创造、加工、提炼、打磨，甚至完全熔解后再铸造，让作品更加贴近大众，融入人心。这就好比一件瑰宝，深藏深闺无人识，如果不对大众开放，那就无法体现它的艺术价值。

诗歌不是求知，但它可无限扩展我们感知的边界。愿崖丽娟的创作激情一浪高过一浪，在大地的诗行上，“举起收获镰刀，割刈春夏繁华”（《白露》），让诗园飘来一阵阵稻香。这本《会思考的鱼》是崖丽娟近一年来精心打磨的苦心之作，部分作品散发出璀璨的艺术光芒，将成为一种现象而存在。

故为此记，以为贺。

2021 年 8 月 25 日

（邹进，江苏省作家协会会员、中国诗歌学会会员、诗人）

游弋在诗里的鱼

——读崖丽娟的诗

胡艺昕

你无数次地
把夜晚想象成一片湖
极静极静的时候
撷起惆怅或者欢乐的石子
在夜幕上打水漂

夜晚不计前嫌
还给你留着灯
凉风撞着了热空气
像你撞着夜晚一样
不知所措

和你们一样不知所措的还有
在这个无限接近于水波纹的夜里
游弋着的
一尾会思考的鱼

鱼的目光
变得柔和
进而酥软
像一面湖

又有人泛舟
在它眼睛的
波光里

远处的橘色
被你用
诗歌裹着
旧日子的胡须
挂在岸边
我们在山重水复里
叙旧

明天
叙旧已旧
我们在
穿着崭新糖衣的
船舱里，一望
给远行客许一座
长满鲜花的孤岛

远行
复远行
一村
又一村

2021 年 6 月 30 日

（胡艺昕，上海市作家协会会员、诗人）

另一片海

——贺崖丽娟新诗集《会思考的鱼》出版

枫　肥

岁月之河流淌
以秋云呈现，多变
迷离

风浪起伏，之后归为涟漪
停靠岸边，有风有月
礁石或仰或卧
离天空很近

上海之城是另一片海
可独自遨游

把身体交给岁月
灵魂交给大海

一则为了缝合
另一则不停找寻
脱离自我

2021 年 10 月 28 日

（枫肥，上海市作家协会理事、中国诗歌学会会员、诗人）

跋

诗歌需要平常心

崖丽娟

这本诗集按原计划本应该在2021年春节长假期间编辑完成，拖延下来的最主要原因便是纠结于有没有必要连续三年出版诗集。

喜欢文学和文学创作的人，动机各不相同，而写作状态因动机不同也会有很大不同。有时候，你很有创作欲望，不一定就能如愿以偿；有时候，你并没有具体创作计划，抑或因其他琐事杂事已经够忙乱了，但是偏偏创作灵感不请自来，创作激情抑制不住，不吐不快的冲动折磨着你。这种状态可能就是很多写作者求之不得的最佳状态。2018年，自从重新恢复诗歌创作后，我就一直处于这样亢奋的状态中，时时被灵感和激情所催逼。有缪斯女神如此垂青，是不是太过幸运了？当然，必须要珍惜这样的幸运，为此，我牺牲了几乎所有的业余时间和其他爱好。即便这样，时间还是远远不够用。

《会思考的鱼》是我继《未竟之旅》（2019 年）、《无尽之河》（2020 年）之后创作的第三本诗集，书名“会思考的鱼”是从《忧伤渡不过彼岸》组诗中的一句诗提炼而来的。在创作中，我努力从日常经验或细节出发，试图勾画出个人逼仄空间与广阔世界交织的人生图景：细究时序交替更迭背后世界的隐秘，叩问心灵深处幽微难表的情愫，谛听生命的清音，触探生活的本质，探寻人性的美好。

如果说，《未竟之旅》主要集中抒写爱情，风花雪月，直抒胸臆，这些内容表达比较“纯”；《无尽之河》尝试拓宽到对大千世界自然万物的描摹，天南地北，春华秋实，面比较“广”，那么，我希望《会思考的鱼》在思想内涵的挖掘上进行多维度辐射，注重往“深”的方面作出努力。

诗集《会思考的鱼》分为三辑：第一辑“标本”是触动生命之弦的轻拢慢捻，展现成长心路历程的酸甜苦辣；第二辑“对话”是人生岁月的记忆留痕，展现日常读诗写诗的情感共鸣；第三辑“时序”是对时光流逝的不舍感怀，展现季节轮转缘聚缘散赐予的欣慰忧伤。

这些年，我大量阅读，借鉴学习了古今中外各种优秀诗歌文本，对诗歌也有自己的评判和喜好，很多的好诗恐怕已经变成营养被吸收到“血液”里了。

的确，因为诗歌，我的人生有了很大的不同。我用文字静观、描绘生命中遇到的一切。看得见的人和事，以及看不见的悲欢离合，都因被写入诗中而呈现不同的样貌，具有不可言说的意义。诗歌给予我太多太多，给予我最多的自然是内心的丰盈与满足、安宁与愉悦、超拔与洒脱。为此，我心怀感恩！感恩在诗歌创作路上遇到那些美好和温暖，是生活中的真善美触动了我。因为诗歌，我在喧嚣的尘世拥有了一片静谧的精神绿洲，我所要做的，只是通过诗歌这种最适合自己的表达方式，把生活中哪怕细小的欢乐和感动收集起来、记录下来，让我得以时时警醒自我。单调、枯燥、乏味、日复一日的生活，也许尽是庸常的“一地鸡毛”，因为有诗歌，生活中就有了“远方”的召唤、有了“诗意”的存在，我也由此变得轻盈和明澈，不用过多茫然于诗歌的“无用”，也不用痛苦挣扎于写诗的“无助”。当我在诗歌中寄托和安顿了自己，获得心灵的宁静与救赎时，我感到一切努力都是值得的，并愿意为此耗尽自己平庸的才华。

连续三年出版三本诗集，或许仅仅是创作生涯中一个短暂的过程吧！从当初亢奋的自发写作转变为冷静的自觉写作应该是一个更为艰苦漫长的过程。说实话，每每在集中写作一段时间之后，我就会出现“被掏空”的感觉，有一种不知道写什么、如何写下去的恐惧，甚至怀疑自己彻底丧失写作能力。这恐怕与自己才情不足有关，也与自己的学识、阅历、感受力有关。好在通过大量的阅读和思考，新的灵感重新出现；更重要的是，我明白了持续写作光靠灵感和激情远远不够，更需要保持一颗平常心。或许，正是平常心告诉我，应该好好沉淀自己了。基于这样的想法，我的情绪和心理都有卸掉包袱、放飞俗念、获得自由的轻松和快乐。

我想，因为热爱诗歌，所以我这辈子愿意把读诗写诗视作生命里最重要的事情之一，感谢诗！

衷心感谢上海市作协副主席、诗人、作家赵丽宏，暨南大学文学院教授、广东省作协主席蒋述卓，清华大学人文学院教授、诗歌批评家、诗人西渡，河北大学文学院教授、诗歌评论家、翻译家、诗人雷武铃，他们都身兼多重身份，既有丰富的文学创作经验，又在文学评论方面高屋建瓴，有着非凡的智慧洞见，百忙之中为拙作举荐，溢美之词自当视作鼓励和鞭策。

特别感谢上海市作协研究室主任、《上海作家》主编、评论家杨斌华先生赐序，我们是同龄人，但无论写作水平还是写作经验，他都堪称我的老师。我认真拜读他的几本文学评论大作之后，深为其卓越才华所折服。2020 年 8 月，拙作《无尽之河》在上海书展签售，杨斌华先生在疫情严峻的形势下，顶着酷暑作为嘉宾光临指导，使我深为感怀，一席热情诚恳的话语，至今仍萦绕耳际。

感谢上海市作协会员、专栏作家、资深记者王岚女士，她是我的好闺蜜，我们也是同龄人，诗集里的很多诗，她都是第一读者，对我的创作给予了具有建设性的批评和建议，为拙作的面世洋洋洒洒写下一篇长文以表祝贺，实在令我汗颜。感谢江苏省作协会员、中国诗歌学会会员、诗人邹进先生不吝赐教，我们神交已久，尚无缘相见，共同的志向和彼此间的情谊让我们在诗歌路上默契求索，此番又得到他如此真诚的鼓励，让我感动莫名。同时也要感谢上海市作协会员、年轻诗人胡艺昕热情洋溢地为拙作赋诗，其才华让人颇感前途无量，后生可畏。感谢上海市作协理事、中国诗歌学会会员、诗人枫肥，拙作即将付梓时收到她的贺诗，文采斐然中可见姐妹情深，感恩习诗途中一路有她相伴相携。

感谢广西师范大学原副校长、广西美术协会副主席、中国美术家协会会员、桂林市美术家协会名誉主席、桂林中国画院副院长白晓军先生，他在家乡广西桂林欣然题写书名，其墨宝自然是彼此四十年深厚友谊的最好见证。

感谢东方出版中心学生读物出版事业部副主任朱荣所先生、责任编辑王婷女士、美术编辑钟颖女士，因为你们的热忱与敬业，才使这本小书得以顺利、优雅地与广大读者见面。

最后，真诚地感谢我的读者们。

2021 年 10 月 31 日定稿